KIDNAP

绑架

丁恩翼 | 著

上海文艺出版社

他想试试自己的运气，看看能否在绿灯熄灭而红灯又尚未亮起的黄灯时间内，就闯过前面的十字路口……

——乐渭琦

序

叶 辛

读恩翼的短篇小说，很容易良久地沉浸于迷朦的静思当中，仿佛文字里的斑斓还在心底不停地晃动，所以需要一点时间来消解那些由细微的小情节叠加而成的穿透的力度。

这本书里的故事，仿佛已经诉尽了我们所能想到的一切意向，关于善良的、不善良的谎言；期待与绝望、生与死、爱与欲、温暖的回忆、肆意的畅想、令人颤栗的冰冷的谋划、心灵的孤寂、世情的无常……各色人物依次粉墨登场：乞丐、花匠、情人、劫匪、警察、医生、爱侣、幽灵……向我们交替呈现出属于这个世界的各样纷繁、寂寥、期许，与哀伤。

原本只是想随意翻看几篇就打住的，结果竟在不知不觉中读到了最后一页。情节的叙述，非常平缓，波澜不惊，可读着读着，不知什么时候，笔锋倏忽一转，突然间有某种东西慑住了心底的一隅。哪怕是留白部分，也含满了小心思，不着一墨，却掐紧了阅读者的脑神经。

那些短短几个段落便写就的小故事，读起来颇有回味。或令人拍案叫绝，或令人扼腕心碎，温婉的表达，让蕴藏在文字底层的激荡风暴形成蓄力之势，寥寥数言，看似清浅，实则如泼墨画般足以道尽人间万千姿态。

深沉、凝练、寓意深远，整体风格与两年前面世的小说集《小灰》一脉相承。掩卷以后，那些未曾预估到的震撼、错愕、伤怀与叹喟一阵阵从深不见底的意识尽头跳脱而出，每个故事中所饱含的丰富想象力，辗转于时间与空间的各个跨度中，是对人性幽微处深入骨髓的刺探，弥存了无尽的童话般的遐思与对现实生活写照的深刻觉醒。

恩翼是一个非常虔诚的基督徒，我本以为基督徒笔下的文字，必然是纯净、光明、热忱、美好的，而当我津津有味地欣赏着那些故事里的诡谲，并赤裸裸感到玩味无穷时，心里并不是没有疑惑。但你若是质问她，为何基督徒的笔下会有那么多欺骗、阴谋、恶毒与杀戮？她会言之凿凿地告诉你——不，那全部都是救赎。

当所有的爱恨情仇争先恐后呼之欲出，充斥着她笔下那一页页稿纸时，它们便也在彼刻化成了淡淡的烟云，挥散远去,终成为无有。像一个偌大的筛子,层层滤清了污秽,最后留下的,是剔透的、真挚的一颗心,是如水的平静,是天赐的恩情。

期待恩翼的下一部作品,更期待她能从短篇小说的创作逐步发展到长篇小说的创作中去,而属于她的那些尚属未知的描绘与告白,一定能成为《绑架》一书情感的绵延,思绪的贯穿,成为对生命更为辽阔的、深情的礼赞,当然,也会成为受到读者欢迎、专家肯定的更为出色的作品!

是为序。

(这是中国作家协会原副主席、著名作家叶辛先生为《绑架》所作的序言)

目 录

序	叶 辛
瞒	1
在新婚前	14
一把钥匙	28
花匠阿光	32
领养的孩子	36
菲之翼	44
正月十五	56
何以为家	58
女生宿舍的一千零一夜（一）	65
红宝石项链	80
白日梦	83

一支钢笔	89
冬　夜	93
红白月季	96
跨年了	102
全友便利店	105
玩　伴	109
老乞丐与小乞丐	114
"旧闻拾穗"之"备用钥匙"	118
云霄飞车	127
意　外	132
天　道	135
女生宿舍的一千零一夜（二）	138
领　养	155
血色黄昏	158
打　劫	164
自　首	169
蒙娜丽莎	175

相　似	181
写给小薇	192
戏	196
飞　毯	210
刘大成的升职梦	213
辉辉日记	232
女生宿舍的一千零一夜（三）	236
礼　物	256
维纳斯肖像与手表	261
"味好美"拉面馆	270
傻子的回答	280
绑架犯	284

瞒

(一) 发生

作为院长，林建业在隆重的欢迎会上热情洋溢地为医院新进的一批实习医生致了辞，一只脚还没来得及跨下舞台，手机便在西服内侧袋里震动个不停。他欠身走进一间休息室，顺手按下了接听键，等到他挂断电话，转过身去确认休息室的门是否关严实时，脸上已经难以掩饰住紧张的神色。

电话是公安局刑警队的同志给他打来的，说他妻子何诗仪的妹妹何诗婷，在崇明一家高级酒店的游泳池里溺水身亡，初步断定为意外事故，由于姐姐何诗仪的手机一直处于无人接听状态，所以只能将电话打到了他这里。

事发突然，林建业把欢迎会的后续安排拜托给了两位副院长，便匆忙朝地下车库方向走去，很快，他坐进了自己的黑色奔驰车驾驶座，随即拨通了何诗仪的手机，妻子是个谨小慎微的人，不接听陌生来电，是常有的事。

"诗仪，刚才我接到公安局的电话，诗婷在崇明……可能是正在游泳吧……总之是出了意外，已经去世了……"

"你说什么?……"手机那头的何诗仪，语气震惊到失措。

"这样，你赶快整理一下在外过夜需要用到的衣服、洗漱用品、充电器什么的，我现在开车回来接你，我们马上去崇明一趟，办案人员还在那边等我们。"

"好……我知道了，等你回来……"

二十多分钟后，一切就绪，林建业的车已经往崇明方向进发了，近两个小时的路程，车里很安静，没有播放音乐，两人也没有过多的交谈。将要抵达的时候，何诗仪打开化妆镜，用纸巾擦去石榴红的有色润唇膏，然后对着两只眼睛，滴入了日常抗干燥用的人工泪液。林建业关闭了导航系统，摊开左手手掌，使劲在自己脸上揉搓着。

一切都在按流程走。

何诗仪看着妹妹因浸泡时间过长而浮肿变形的脸，

扑倒在她盖着白布的身体上痛哭流涕，林建业一边安抚地拍着妻子的后背，一边阴沉着脸，听着警员同志的叙述。

何诗婷这次来崇明是为了参加公司的年会，大巴士抵达预订的五星级酒店后，她便和同事们一起办理了入住。外企条件好，每位员工住的都是单人间，因此当晚宴结束后，何诗婷擅自进入泳池时，完全没有人知道。

"因为时间比较晚了，游泳的客人都已经离开了，而她呢，可能平时也不太在意水下运动前，必须先做伸展活动的必要性……左腿腿部肌肉显出剧烈抽搐的迹象，所以……很遗憾……"

何诗仪一边拭擦着眼眶，一边按要求在几份文件的空白处签下自己的名字，林建业扶着妻子的肩膀，向警察同志们一一道谢。

走出警局，已过了凌晨，他们决定休整一下情绪，先在这里住一晚，明天早晨再往回开。警局对面有一个家庭型小旅馆，两人便将就着开了个双人间。

（二）林建业

我不是那种见了漂亮女人就挪不开步的男人，当年追求诗仪,不仅是因为同在一家医院工作,近水楼台、日久生情,更是因为诗仪是一个高学历、理性、聪明,很会审时度势的女人,这点与我的个性很契合。我非常看重自身事业的发展,而像她这样的女人,无疑会为我将来人生的跃迁带来助力。选妻子嘛,就是要选能够与自己并肩作战的好伙伴、好搭档,至于她是不是个美人,并没有那么重要。

说实话,诗婷闯入我的生活,是我避之不及的。她是我妻子的亲生妹妹,就算天天借着来找姐姐玩儿的由头往我家跑,我也没办法将她拒之门外啊。再说她又是那种开朗、活泼、率真的性子,在诗仪眼里,诗婷就是个小女孩,她从小就习惯了妹妹那副见了谁都撒娇的模样,要说让她怀疑些什么,恐怕是不太可能的。当然了,诗婷长得也确实漂亮,可能是随她们的母亲吧,大眼睛、鼻梁高挺、皮肤很白皙,双腿修长,双峰挺拔。相比之下,相貌随了父亲的诗仪,乍眼看去,五官平平,身材也稍微瘦了一些,不过天生小麦般的肤色倒是为她平添了些许干练的气质。

就像我刚才讲的,就天性来说,我的确不是那种会轻易为女人的外在买单的人,但不管再怎么柳下惠,我毕竟也是个如假包换的大男人啊，面对日复一日蜂拥袭来的千娇百媚，总有敌不过的一天。不过城门失守后，说实话，没过多久我就腻味了，就这样一个徒有好看皮囊，也没多少内在的女人，就只能说是图个新鲜吧，还能怎样呢。本来么，成年人的世界里，好聚好散，也没什么，以后，她仍是我妻子的妹妹，我仍是她姐姐的丈夫，各自归回到生活的本位，日子依然可以顺顺当当过下去。可谁知道，她居然当真了，要命啊，天天在微信里炮轰似的嚷着要一辈子做我的女人，而且要做我唯一的女人，这怎么可能呢，就凭她这点天资，我们的智识根本不在一个圈层啊。

我心里是越来越恼火，也不知道该怎么了结这件事，就只能一直这么拖啊拖啊拖。可是前天晚上，诗仪跟我说她怀孕了，这可把我高兴坏了，她还跟我说，她希望会是个男孩，能遗传我的优秀基因，将来继承我的事业。她是那样崇拜我，对我的能力报以热望，我听了心里很感动，我知道当初娶她为妻，让她成为离我最亲近的人，是多么正确的选择。等孩子出生后，我的家庭生活就要真正开始步入正轨了，这也意味着，某些毫无意义的小插曲、生命旅程中的边枝末节，应该趁早修剪干净。

作为学医多年，加之行医多年的一院之长，我对摆放在医院实验室里的诸多毒物也颇有研究。有一种植物，名叫曼陀罗，其根部含有剧毒，可提炼成透明液体，只要少量摄入，便会使人产生幻听，继而死亡。民俗里常提到的所谓"曼陀罗的尖叫"，其实就是人在产生幻听后，因恐惧而发出的惊叫声。

我知道诗婷下周要和她们公司的同事们一起去崇明的一家星级酒店开年会，顺便在那里旅游几天，于是我特意去买了一支刚刚上市的"舒益达"牌草莓味牙膏，我用针管把曼陀罗根部的提取液注入膏体，再盖紧盖子，然后温言软语地关照她，别忘把新牙膏放进旅行袋的洗漱包里，等去了崇明，就可以不用酒店里的那种牙膏了。诗婷从小就喜欢吃草莓，任何有草莓气味的东西——甜点、口香糖、巧克力、冰激淋、香氛、洗发水，都是她的最爱。我记得当时，她还很开心地亲了我一下，说我最了解她，最懂她。真是可笑。

这件事，万万不能让诗仪知道。再怎么说，诗婷也是她亲妹妹，她们从小一起长大，妹妹是她先天防范意识里的一个漏洞，也一定会是她情感上的软肋。而且，诗仪是我的结发夫妻，也是我未来孩子的母亲，我不能让她知道自己的丈夫是个心狠手辣的杀人犯啊，她毕竟是个女人，不能寒了她的心，不能浇灭她对我的一片热忱。

（三）何诗仪

从小到大，我都是不受待见的那一个。在客人面前唱首歌，我不会。跳个舞，我不会。来段诗朗诵，我会，但不屑于，所以我就说我不会。

那么小小年纪的我，就已经明白什么叫做"不屑于"，兀自清高的心性，不知道是福气还是祸端。按理说，对自己的亲妹妹，应该是宠爱有加的，然而请原谅我的偏狭，面对何诗婷这种女人，我确实没有这么宽广而柔和的胸襟。

从幼儿园到高中，何诗婷永远是人群里的中心。老师、同学、同学家长、甚至我们的爸爸妈妈，谁会不喜欢一个脸蛋漂亮、声音甜美、性格活泼可爱，像一粒蜜果似的女孩呢？我像个隐形的旁观者一样默默地长大成人，高考填写志愿时，何诗婷想报考法语系，而我明知学医的道路万分艰辛，却仍义无反顾地报了临床医学。

何诗婷本科毕业就工作了，而我一路拼搏，拿到了博士学位。吃了那么多苦，我想证明什么呢？证明我虽然没有美丽的脸庞，没有傲人的身材，没有清亮的歌喉，没有迷人的舞姿，但是我有智慧，有能力，有学识，有才干？

被顺利招进医院成为一名内科大夫时，我只想好好工作，在这个大环境里不断锤炼和提升自己的硬实力，我没想到那个当时还是副院长候选人的林建业会这么主动地追求自己。呵呵，看来，多年的刻苦内修已经潜移默化进我的人格魅力中了吧……当时，我心里是颇为得意的，虽然我表现出的，仍然是一贯的矜持。

从恋爱到结婚，一切都是那么顺理成章。我甚至一度以为，命运正在把曾经亏欠我的厚爱，一点一点偿还给我。正当我开始慢慢释怀的时候，何诗婷再一次闯进了我的生活。这个小婊子，连我的丈夫都不放过，还以为自己做得很隐秘，还以为能把我这个姐姐蒙在鼓里当猴耍，难道我应该放过她不成？再过个大半年，我就要做妈妈了，而建业也就要成为这个温馨的三口之家的一家之主了，我不允许任何人破坏这份来之不易的美满。

记得还是在我念本科的时候，宿舍里有一个女孩子是专攻毒理学的，大家因为好奇，有事没事就向她讨教。我记得她说起过，有一种神经毒素，名字特别浪漫，叫"罗密欧的眼泪"，它类似于河豚毒的液体，渗透非常迅速，呈深褐色，摄入人体后，会产生全身麻痹的肢体症状，继而立刻导致死亡。如今作为院长太太，虽然已经辞去了本职工作退居二线，但即便是被以前的同事撞见我出入医院的各个场地，他们也应该见怪不怪。经过一番搜寻，我终于顺利地带着盛有"罗密欧眼泪"的医用密封器，若无其事地走出了医院大门。

回到家后，我打电话给何诗婷，说我知道她下周要在崇明呆上好几天，就做了些她爱吃的巧克力草莓饼干，等一下开车给她送过去。何诗婷听了高兴极了，因为她最喜欢吃草莓味的东西，而且从小就有吃完甜点再睡觉的习惯，那时候爸妈怕她吃坏牙齿，不让她多吃，可她就是不听。

我把新鲜草莓磨碎，和黑巧克力酱混合在一起，再滴入深褐色的"罗密欧的眼泪"，搅拌均匀后放入饼干的制作磨具，最后送进烤箱里。为了保持口感新鲜，我还特意用封口器把饼干袋封了起来，这样，空气就完全进不去了。

在开车去她家的路上，突然想起她在那通电话里说过一句——"有姐姐可真好啊……"，我心里泛起一丝酸楚，觉得很难过，但转而想想，她心目中的那个姐姐，应该就是个……小时候老实巴交，长大后默默无闻的平庸女子吧？怒意顿时像火焰一样在心中升腾起来，把仅有的那一点点"不忍"，烧得灰飞烟灭。

昨天晚上，我就和建业说起过，今天要做些巧克力草莓饼干给诗婷带去崇明当睡前的甜点吃，建业馋了，还阴阳怪气地说，你就想着做给你妹妹吃，你好像很久都没主动做给我吃过了。也许在他心里，我一直就是个宠爱妹妹的好姐姐，所以这件事千万不能让他知道，否则我不就成了一个十足的、谋杀自己亲妹妹的毒妇了吗？那可是不行的，建业每天和我同床共枕，他眼里的我，必须是那个沉静、柔和、矜雅的女子。

（四）后来

小旅馆的双人间，当然比不上星级酒店里的房间那么装饰华丽、格调高雅，但这丝毫也不影响林建业此刻的兴致。何诗婷竟然意外死在了游泳池里，他和诗仪一起收拾她遗留在酒店里的行李时，他看到牙膏包装完好地留在那个洗漱包里，当时诗仪还特意拿起来看了一眼，把林建业吓得心都提到了嗓子口。所幸还好，整个流程走得十分顺利，一切都有惊无险。

也就是在那个五星酒店的房间里，为妹妹整理遗留物品的何诗仪，特意把那袋还未开封的饼干藏在行李箱的最底层，上面叠压了何诗婷的好几件衣服和笔记本电脑。不知道为什么，何诗仪此刻感觉自己大大地松了一口气，好像胸口堵着的一块巨石突然间被搬走了。毕竟，妹妹的死，完全是个意外，与她的过错无关，与她的恶意无关，那袋巧克力草莓饼干，一回家就马上把它处理掉。

夫妻两人走进房间，刚放下行李，林建业就从身后搂抱住何诗仪，何诗仪转身接受了他的爱抚，又下意识地抚摸了一下自己的小腹。是的，原本，是该小心翼翼才好的，但是，顾不上了。此时此刻，他们需要感受来自于彼此的体温，他们需要用身体与身体连结的激昂，来销毁各自心里的鬼魅魍魉。而这样的冒险，又仿佛是一种庆祝，庆祝他们的婚姻，发生了一次蜕变，而他们已经奋勇地破壳而出，准备好携手进入到下一段生命旅程当中去了。

"我先去洗个澡……"何诗仪低下头,轻轻地推开丈夫。

"好……不着急,我等着你……"林建业温存地回答她。

何诗仪轻轻关上洗手间的门,随即褪去衣物,准备尽量快速地完成洗漱和沐浴。

咦?洗漱台上只有牙刷,却没有牙膏……她转身轻唤林建业的名字,想让他去旅馆的老板那里拿一支,可是他没回应她,何诗仪只好赤裸着身子小跑进卧室,这才发现丈夫独自横卧在双人床上,鼾声起伏有致。她怜爱地笑着摇摇头,只好自己光着脚、挪着步子,拖出属于何诗婷的那个旅行箱,她翻箱倒柜找出那个洗漱包,拎着它,跟跟跄跄跑回了洗手间。

随着洗手间的门"啪嗒"一关,把林建业从深重的睡眠里拉了回来。他听到"哗哗"的、喷淋头的出水声,便知道妻子还没有洗完。已是午夜,终于度过了心惊胆战的一天,现在感觉肚子饿得咕咕叫,他翻身坐起来,看到了打开的行李箱中,那袋未开封的巧克力草莓饼干。林建业已经没有力气再多想什么,拿过饼干袋"嘶拉"一下开了封口。

是如此漫长而沉寂的夜，林建业依然独自横卧在双人床上，他是那样安静，仿佛为了不发出一丝声响，连再轻微的呼吸，也省略了。

洗手间里，奔腾的流水声依旧。何诗仪蜷缩在玻璃淋浴房的一角，她好像感觉透过那水声，能听到从遥远的地方，传来一阵阵呼唤，有柔亮而熟悉的女声——"姐姐，姐姐……"，也有稚嫩而清脆的童音——"妈妈，妈妈……"。

在 新 婚 前

"阿嚏！阿……阿嚏！"

前两天连着降温，小安重感冒了，还有点低烧，今天宋新平给她们班主任去了电话请病假，想让女儿在家里好好休息一天。快中考了，班主任委婉地提醒，能坚持来上课最好不要缺席，每堂复习课对孩子们都很重要，关系到最后的中考成绩。可宋新平不管这些，女儿身体健康、活得自在是第一位的，就算中考没考好，大不了送她出国读高中。妻子早年离世后，女儿宋安就成了宋新平心中的唯一，让小安开心舒坦地过一辈子，是他努力工作、热爱生活的原动力。

"小安，你把被子盖好！"

"我盖好了呀……爸，今天太阳好，你把蝈蝈挂到窗外去晒晒，它可喜欢阳光了。"

"知道了知道了……"宋新平一边答应，一边打开窗户，把蝈蝈笼挂到窗户外面，"唉，伺候完你，还要伺候你的蝈蝈，真是的……"

"它年纪大了，嚼不动了，你把胡萝卜放锅里煮烂点儿，等会儿我喂它。"

"知道了知道了……"宋新平从冰箱里拿出一根胡萝卜搁在砧板上，用菜刀切成丁，放入小锅里，再加上点水，盖上锅盖，打开煤气灶，小火焖煮着。

"哦对了，今天丽华阿姨要过来量一下窗帘架的尺寸，你……你对人家态度好点儿……"

"我觉得我对她态度挺好的……"

"是吗？……"

"是呀……不过，想要将来让我改口叫她妈，你就别指望了，行吧？"

三年前，宋新平的妻子患病住院时，夏丽华是医院住院部的护士，她性情温和，工作特别细心周到，人也长得好看，医院上上下下、包括病人和病患家属，个个都很喜欢她。当时大家还在微信上组了一个群，叫"欢乐一家亲"，群里有病人、有家属、还有老护工和小护士们，甚至一些主治医师也都在里面，记得有一个叫王辉的男医生，大家都知道他一直在追求夏丽华，然后群友们就开始起哄，想撮合他们，每天大家欢声笑语，好不热闹，不过夏丽华对这件事似乎没有什么热情，在群里任凭大家揶揄，却很少回应。

那时候，宋新平工作很忙，夏丽华当班的时候，他就把妻子拜托给她照顾，有时候晚上睡觉前，俩人会在微信上聊一会儿他妻子的病况，时间一长，彼此间也就成了非常熟悉的人。妻子离开后，他们睡前在微信上聊几句的习惯就一直延续了下来，有时候会互相分享一下各自的心情，遇到不顺心的事，也会向对方倾诉，彼此鼓励，久而久之，仿佛是顺理成章的，他们从医患成了朋友，又从朋友成了恋人。

唯一让宋新平伤脑筋的，是面对如此温柔而善解人意的夏丽华，女儿小安依然表现出毫不掩饰的反感与疏离，尤其是当她得知宋新平向夏丽华求婚成功，俩人开始着手装点房间准备领证时，小安更是铁青着脸，处处为难这个准新妈妈。不过没关系的，来日方长嘛，像夏丽华这样善良柔和的性格，慢慢总会融化小安那颗倔强的小心脏的，宋新平这样安慰自己，也真心这样期待着。

一阵手机铃声响起。

"喂，哪位？"宋新平按下接听键问道。

"是宋新平先生吗?"

"我是。"

"你有个快递,放楼梯口了啊,尽快下来拿一下。"

"不是……你快递应该送上来的啊,我们大楼已经解封了啊……"

"你们保安不让送上来,你要问就问他!"

"啪嗒"一声,电话挂断了。

"都什么人啊……"宋新平小声咕哝着,"小安,我下去拿个快递啊,马上就上来……"

"哦,你去吧……"

宋新平一打开门,就看到对面邻居刘阿姨在整理纸板箱,"阿姨,大扫除呢?"

"是啊,把东西规整规整,乱七八糟的快递盒子,能扔的都扔掉,唉,堆得我走路的地方都没有……"

"哈哈,我也正好要下去拿快递。"

"哦,那你快去,现在小区管理乱得很,东西在楼下放久了准得丢。"

"说的是啊……"宋新平大步流星走下楼,只见楼梯口好像有个人倒在地上,上前一瞧,是七楼的王奶奶,就住在他家楼上一层。宋新平轻轻推了推她的肩膀,叫了她几声，可王奶奶却一点反应也没有，那怎么办啊，他知道王奶奶平日里和儿子儿媳一起住，但今天是工作日，家里肯定就她一个人，怎么办？也没有她儿子的联系方式啊……宋新平下意识摸了摸裤袋，车钥匙倒是在，要不还是赶紧的，救人第一，宋新平把王奶奶抱上车，一脚踩下油门，朝附近的第一人民医院奔去。

做完CT与核磁共振，确诊了王奶奶得的是脑梗，不过医生说幸好抢救及时，已经没大碍了，等宋新平联系到居委会，居委会再联系到她儿子，再等她儿子儿媳赶来医院，已经四个多小时过去了，还好之前趁王奶奶在抢救的空隙，他给小安发去了微信，说了事情的原委，叫小安把被子盖严实，下午自己好好睡一觉，争取醒过来后，烧能退下去。又想着小安房间里的空调功率有点低，便嘱咐她把卧室门开着睡，客厅里暖气足，这样她能睡得更舒服些。然后又给夏丽华发了微信，将突发事件又重复了一遍，让她带好家门钥匙，进屋时自己开门，量尺寸时动作轻些，千万别把小安吵醒。

宋新平忙完一切，在委婉笑纳了王奶奶儿子儿媳的连连感谢后，开着车往自己家驶去，原本只是有点担心小安的感冒好些了没有，宋新平怎么也想不到，马上将要迎接他的，是怎样的晴天霹雳。

一进家门，就看到居委会的几位工作人员竟然都聚集在自家客厅里，夏丽华一见他，就红着双眼朝他奔来，然后眼泪"哗"地一下涌了出来。

小安没了。站在窗户上，摔下去了。

窗台上还留着煮熟的胡萝卜丁，估计是开了窗探出身子想去喂蝈蝈，不知怎么的，重心没稳住……

"只差一步……新平，我只差一步……我走到楼下时，一切都还好好的，等我……爬上六楼，轻手轻脚打开门……还怕吵着小安……可是窗户大开着，她……已经下去了……"夏丽华恸哭着拉住宋新平的手，那只僵直不动的手，那只在流动时间里凝固了枯萎的手……

黄昏已过，天色渐暗。宋新平独自一人开着车前往医院，值班医生吃晚饭去了，一个实习小护士把死亡报告书的副本递给他，他默默地接过去，捏在手里。小安冰冷的脸颊，已不再像发烧时那样温热汗湿，蚀骨的彻寒，穿透宋新平的手掌，冻裂了他的心脏。

大家都安慰他，说这是一场意外，可宋新平不相信，小安不是个做事粗心、神经大条的孩子，怎么可能从窗户边摔下去？怎么可能呢？！他想不明白，却也似乎没有能力想明白，一夜未眠，任凭眼泪不停地溢出眼眶，手机屏幕上布满了"未读微信"的提示，夏丽华的、单位领导的、还有老母亲的……他没心思一条一条打开看，只是点开外卖软件，胡乱叫了些吃的，倒是很快就送过来了，开门的时候看到刘阿姨，她那张充满着难以言说的表情的脸，让宋新平一时不知该如何应对，倒是刘阿姨先开了口。

"小宋啊……我是年纪大了，有些话……也不知道该不该和你讲……"

"没关系，您说嘛，我没事的……"宋新平以为会是些宽慰人的老话。

"昨天，那个……我听丽华说，她就差一步……可是好像不对啊……她拿钥匙准备开门进去的时候，我正好要下去倒垃圾，我们俩还闲聊了几句，她还说……过两天要多给我一份喜糖什么的……后来我走到楼下，把垃圾倒掉的时候，楼下安安静静的，很太平啊……哦，我……我是老糊涂了哦，也可能是记错了……新平啊，你要想开些，自己当心自己的身体啊，以后的日子还长着呢……"

宋新平点了点头，礼貌地关上门，撕开拎在手里的外卖袋子，大口吃了起来，可嚼着嚼着，又开始发愣了。

如果不是"只差一步"，那夏丽华进屋的时候，小安是在喂蝈蝈喽？小安是斜着身子，踩在窗台上，正在喂蝈蝈喽？

那然后呢？她就摔下去了？

小安会这么不小心？！

夏丽华知道，小安一直不喜欢她，这种热脸贴冷屁股的难堪，确实也不知道要持续到什么时候，但在宋新平眼里，夏丽华是个性格温和、品格善良的女人，即便孩子对她有所抵触，她也应该能够宽厚地包容……宋新平嘴里突然咬到一块碎骨头似的硬粒——"嘎哒"一声。

他拿起手机，开始翻看夏丽华发来的微信，那一条条字句，充满了情爱与关切，然而不知为什么，在宋新平眼里，它们却呈现出一张张恶魔般伪饰的嘴脸，那么明目张胆的虚情假意，让他倏然失措，他不知该如何在微信里，向夏丽华提起刘阿姨对他嗫嚅般道出的困惑，思来想去了很久，最终还是一条微信也没回，半个小时后，焦急的夏丽华"咔嗒"一声开门进来了，四目相对，夏丽华似乎觉出了自己的未婚夫眼神中的异样。

"你怎么不回我微信？打你手机也不接……"

"哦……调了静音了，没注意看……"

"我知道你心里难过……想不出怎么安慰你才好……"

"丽华……"

"嗯？"

"小安她……是在你上楼的那段时间……摔下去的吗？"

"对……我到楼下的时候，都还什么事都没发生……"

"早上……遇到个邻居，她说……去倒垃圾时在家门口遇到你，还和你聊了天……那时你刚上来，后来她下去扔垃圾了，说是楼下……楼下也很太平……"

"你……什么意思？……你是在质疑我？……"

"可……和她做邻居那么多年了……人家……也不是那种张冠李戴、搬弄是非的人……"

"你究竟想说什么？……"

"我是想问问你，你进屋的时候，是不是……其实小安正俯在窗台上喂蝈蝈？"

"如果是呢？"

"不是……我只是感觉不太相信，小安怎么可能会不小心摔下去？她向来不是一个那么粗心的孩子啊……"

"不是不小心？……那要不就是她故意跳下去的，要不就是我把她推下去的，你觉得是哪一种呢？"

"你说什么？……你再说一遍。"宋新平突然抬头直视夏丽华，眼神变得坚硬而锐利。

"你在怀疑我……害死了小安？"

"我只是想知道真相，现在请你告诉我真相，可以吗？！"

"好，那我告诉你，是的，是我把小安推下去的。"

"认识你那么久了……是我没有想到。"

"是吗？……"夏丽华的声音嘶哑地颤抖着。

"放心，没有确切的证据，我也起诉不了你……即使有，也已经换不回小安了……"

"新平……我……"

"把钥匙放桌上吧。"

"宋新平……"

"滚。"

不知道在地板上坐了多久，黎明静悄悄地到来了。

窗帘没有拉上，一束曙光照射在洁白的墙面上。如同行尸走肉般的宋新平，支撑着身体慢慢站了起来，一眼看见桌子上还摆放着小安的死亡报告书，这份东西，他还没有仔细读过，应该说，是没有那个勇气。此刻的阳光，带给他一丝安宁与力量，他拿起报告，开始翻阅。

"……初步结论，疑似有一氧化碳过度吸入的表征……"

一氧化碳？一氧化碳？？关他妈一氧化碳什么事？！

宋新平把报告重重摔在地上，就近跑到厨房里打开水龙头，自来水哗哗作响，他不断地把水往自己脸上泼去。

过了好一会儿，他才关掉水龙头，迫使自己静下心来。煤气灶上还放着一个小锅，锅盖搁在一边，锅里像是什么东西烧糊了，淡红色的散成一片，宋新平凝视着这片淡红，思绪倏忽间开始回溯……

他记得……有个电话打进来，是让我下去拿快递……当时我在干嘛？……

我应该正在……正在……

煮胡萝卜丁？……

煮胡萝卜丁？下去拿快递？送王奶奶去医院？

等一下，宋新平快步走回客厅，从地上捡起那份死亡报告书——"一氧化碳过度吸入……"

宋新平记得在医院等待抢救时，还特意发微信嘱咐小安开着卧室门睡午觉……

宋新平的脑子很乱，一时理不出完全而齐整的头绪，但又似乎已经发现了什么重要的问题，他打电话给夏丽华，她不接。他再打，还是不接。他一遍一遍地打，连续打了两个多小时，终于打通了。

"我刚才在开会……"夏丽华淡淡地说。

"你……你没有说实话。"

"……我说了实话了。"

"你没有，你在编故事，我告诉你，我刚才仔细看了小安的死亡报告，上面清楚地写到了'一氧化碳过度吸入'，这个，我之前完全不知道，所以，请你告诉我实情……好吗？丽华，求你了……求你了……"

"我……"

"什么？……"

"我真的不忍心……让你独自承担小安离世的责任……这份责任太沉重了，你会痛苦内疚自责一辈子的……你那么爱小安，你会没法从阴影里走出来的……

可是我……我爱你啊,我舍不得你变成那样,我想保护住你啊……"

"所以……你想让我以为,小安的死,是一个意外事故?……"

"小安她……她当时倒在床边,心跳没了,脉搏也没了,煤气中毒已经错过了最佳抢救时机,没有希望了宋新平!我是个护士,一个资深的专职护士,我确定,连一丝救活的希望都没有了……"

"然后……是你把她抱到窗边,放手让她下去的?……"宋新平泣不成声。

"对……我实在没有别的办法了宋新平……为了驱散掉满房间的一氧化碳气味,我打开所有的窗户通风……还不忘记把胡萝卜丁放到窗沿上……我当时已经……我已经殚精竭虑了……"

"对不起……丽华……对不起……你原谅我……"

"不要说对不起……已经都过去了……"

此后,宋新平拨打夏丽华的手机,却总是无人接听,给她发微信,却再也没有收到过回复。半个月后的一个中午,宋新平在"欢乐一家亲"里,看到大家都在恭祝夏丽华和王辉的新婚大喜,有人发红包,有人洒花,还有人作诗一首送给这对璧人,祝福他们百年好合,早生贵子,相亲相爱,幸福一生。

一 把 钥 匙

做了肝部结节穿刺手术，结果被告知确定为肝癌晚期，在"拒绝治疗"一栏上签下自己的名字时，主治医生语重心长地劝我，小伙子，你还年轻，就这样放弃，太可惜了，你要对我们医生的能力有信心啊，我们可以一起努力，战胜病魔……而我只是疲惫地朝他笑笑，说了句我明白您的好意，感谢您为我考虑这么周全……

一个人走在大街上，四周的市井声依旧纷纷扰扰，对于这个世界，每看它一次，便少一次了，心里觉得不舍，却已无力抗争。就这么走着走着，脚尖好像踢到了什么东西，低头一看，是一把钥匙。

我把它捡起来，放在手心里仔细端详着，凹凸不平的金属表面，有着不少细小的划痕，在太阳底下反射出银灿灿的光泽，用硬物轻轻一敲，会发出清脆的响声。

不知道这把钥匙是开什么锁的？这让我心里一时间充满好奇，我拿着它试图插进人行道边上一扇旧铁门的锁孔里，不行，插不进去。嗯，也可能是哪户人家的房门钥匙，或者车库？商铺？学校后勤保障部门的储物室？

我认真思考着，像个幼儿园里的小孩子。接下来的日子非常忙碌，我以自己家为中心，对三百六十度周边的居民小区住宅进行了地毯式排查，在我周密的测算和记录下，确保了没有一户人家被遗漏，不过可惜，没有一个锁孔能被打开。

然而我并没因此而气馁，我向小区周边一所大学里的有关部门说明了情况，在校行政部负责人的专门陪同下，我试着打开学生宿舍楼、教室、食堂、活动室、教职工办公室甚至门卫室的每一扇门，可是大部分锁孔连插都插不进去，偶尔有一个锁孔被插进去了，钥匙却根本无法转动。

每天晚上，我趁着深夜路人稀少，偷偷来到各条马路沿街已经打烊了的商铺，尝试着或许能打开其中某一个铁锁，结果却仍以失败而告终。

可能是人在无比忙碌意念集中的时候，会呈现出忘我的精神状态吧，这些日子以来，我很少有察觉到肝脏部位的疼痛，有时候我甚至怀疑，当我在过度专注于

"帮钥匙找到与之相配的锁"时,癌细胞是不是自动被身体的内循环解体故而消散了?

上个星期,我写了封信给博物馆,主要说明了关于想用那把钥匙去试开一下他们馆内收藏的古代铜锁的意愿。前天下午,回信来了,副馆长和我约定了去博物馆的具体时间。我兴致勃勃地准时到了那里,博物馆的工作人员非常热情,带我去试了大小不一、年代各异的青铜、黄铜和银制锁头,我也知道能打开的几率非常渺茫,但他们如此耐心、热忱的接待让我深受感动。

随着时间的推移,我还陆续去了外地的一些城市,在各种壮阔、神秘的建筑物门前试过钥匙,虽然旅途奔波非常劳累,而且隔一段时间,我的肝就会突然痛一阵子,但总的来说,因为这是一段寻找期待的旅程,所以兴奋总是大于辛苦。有时候我觉得,只要一直这样向前奔走,生命就没有尽头。

不过我最终还是回到了自己生活的城市,自己的家。这些日子以来,每一天都在期待、尝试、失望与再尝试的交织起伏中度过,我感受到了"追寻"的意义,也感受到了为这把钥匙寻找到一个匹配的锁,是一件多么美好的事。

经人介绍，我找到一名老锁匠，我说，老师傅，麻烦您给我这把钥匙配个门锁吧。老师傅愣了一下，拿起我的钥匙凑近了看，过了一会儿，点点头，表示接下了这活儿。

过了两天，活儿完成了。是一个精巧的、同样是银色的门锁，老师傅帮我结结实实安装在我家的房门上，还客气地免收了额外的安装费。

如同一个磅礴的仪式，我能隐隐听到心中海浪的呼啸，海水的波涛高耸跃起拍打在我肩膀上。钥匙的齿轮插进锁孔，我的手腕轻轻转动，细微的金属触碰的声响，我的听觉神经微微颤抖……

那是长久以来心心念念的感觉，像温暖的电流一样柔化我的心扉，我知道钥匙终于拥有了它的归宿，忍不住泪流满面，踏破铁鞋的久远追寻所带来的疲惫，此刻突然蜂拥而至盈浸满我的身体，于是我在家门口的水泥地上坐了下来，把头靠在木门上，勉强抬起那愈发沉重的眼睑，看一看晶莹闪亮的钥匙静静地安插在锁孔里……今天，是个美好的归期，我在心中和它一起，感受着欢庆。

花 匠 阿 光

　　大院里头谁都知道,花匠阿光是大太太婚嫁时一起陪过来的人,所以上上下下对他都客气三分,就连大管家阿平吩咐他做事,也是用的商量般的口气,即便如此,阿光还总是仗着自己有依有靠,不把阿平放在眼里。阿平虽然心里有气,但也着实拿他没办法。

　　阿光作为大院里的花匠,倒也确实尽心尽力。院子里种满了月季、桂花、栀子花、海棠花、郁金香、一串红……只要是前来谢府的客人们,拾级而上,便总能闻到扑鼻的花香。

　　大太太夸阿光伺弄花草得当,送了他一枚银戒指,阿光把它戴在右手的中指上,没事儿就拿捏摸弄着显摆,他看到其他下人们都用眼睛的余光瞄它,心里得意极了。

　　谢老爷娶了二太太后,家里就热闹多了。有一天,阿光在大太太房间里修剪一盆红月季,大太太笑眯眯地对他说："阿光啊，现如今家里有了二太太，老爷就不大会常来我这里了，你摆那么浓艳的花儿，也没人来赏了。不如多放些到二太太房里去，各个品种的、各样颜色的，都拿些过去。我年纪大了，就图个清雅，不用多的，你放两盆白茉莉在窗台上就成。"

"一切全听凭大太太您吩咐，小的记下了。"阿光机巧地哈腰回答道。

第二天，阿光撤下了大太太屋里繁盛的花草，在窗台上摆了两盆白色的茉莉花。即便是这般艳阳天，屋里还是一下子显得肃穆暗沉了不少，茉莉的香气微微涩苦，氤氲在窗前冷冽的空气里。

而二太太房里，已经各处都摆满了鲜花。过道里、茶几上、床头柜的胭脂盒子旁，视线所及的每一方寸空间，都是春色满园的景象。过年的时候，家里的丫鬟、长工、老妈子们都挨个来给老爷磕头拜年，去到二太太房里时，都被鲜花的美丽和香气迷住了，再加之二太太年轻漂亮，又总是笑声朗朗的，一时满屋子欢声笑语，充满了新年的喜气。

过完年，谢老爷要去北方谈桩买卖，二太太嚷嚷着非要跟去不可，谢老爷只好答应了她。此时正值寒冬腊月，老爷和二太太动身以后，二太太房里的暖炉便熄了。眼见着一屋子的花都要冻坏了，阿光赶紧一盆一盆往大太太房里送。

"大太太，这二太太房里的花实在太娇贵，受不得寒气，暂且搁您这块儿回个暖，等哪天二太太回来了，我再送过去。"阿光一边捯饬着花盆，一边对院子里正由小丫鬟陪着散步的大太太说道。

过了元宵节，有一天傍晚，阿平把阿光叫到一边，跟他说："到账房把工钱领了，自己收拾收拾，上别处去谋个差使吧。"

阿光不待见地朝阿平看了一眼，"你昨儿个晚上喝多了吧？竟然叫我走人？"

"该给你的体面，我可都已经给了你了，你要是真赖着不走，可别怪我不客气。"阿平脸色铁青，言语间斩钉截铁，不知是从哪里来的底气。

阿光心里有点惊了，他下意识地抚摸着手指上的银戒指，两条腿不由自主地朝大太太屋子走去，分明才没几步路的距离，阿光却走得气喘吁吁。

小丫鬟把他拦在屋外。

"大太太犯头痛，睡着呢。"

"哦……哦……那我等等。"

阿光坐在院子里的石凳子上,冷风从领子里钻到袖子里,又从袖子里钻进裤管里。薄暮已近,天色渐渐暗下来,阿光冷得连打了几个喷嚏。他站起身,绕着院子哆嗦着来来回回小跑。他确信,再过一会儿,大太太就会起床来吃晚饭了,等见了大太太,一切便自有她做主,到时候,哼哼……阿平,我可要你好看……

领养的孩子

"伟成你看，我们浩儿多可爱，你看他的小脸蛋，红扑扑的，像只小苹果……"林欣妮怀里抱着刚出生两周的男婴，逗弄着他，笑得乐不可支。

三天前，当赵伟成和林欣妮夫妻俩接到私人育护领养中心的电话，告知他们有一个健康的男婴刚出生不久可待收养的时候，他们欣喜万分，并把这个好消息告诉了孩子未来的外祖父——林欣妮的父亲林鹤平，林鹤平得知是个男孩后，非常高兴，给他起了名字叫林浩，虽然他的独生女欣妮生性聪颖，完全能够独当一面承接他名下的产业，但几十年后，她也是要老的，没有后代继续家族的传承是万万不能的。

此时，赵伟成心里也是乐开了花，当年因全市长跑比赛获一等奖加分进入重点大学的他，毕业后求职应聘到了林鹤平名下的一家顾问公司工作，一个籍籍无名的大学毕业生在工作中也并没有什么特别出色的表现，而之所以被老板看中做了上门女婿，不外乎是因为他优异的身体素质可以保证并优化下一代的机体基因，当然，他为人忠厚谦逊、家底质朴清白也是重要的考虑因素。怎料想婚后，林大小姐在医院查出生殖功能有恙，心疼女儿的林鹤平最终还是开明地放弃了勉强周转生育亲子的想法，此后领养计划便被提到议事日程上来了。

赵伟成没有想到，几星期前刚刚在领养中心作了登记，竟这么快就接到了通知。不过，夏护士长在电话里已经有意无意地透露了，她是私下跳过排在他们前面的八九对夫妻，为他们破格提前了领养顺序的，赵伟成当即会意，在信封里塞满厚重的礼金，去接孩子的当天，进门后一个错身，就把信封塞在了夏护士长宽敞的白大褂衣袋里——"夏老师，您费心了……"

夏护士长名叫夏清，也算是这家私人育护领养中心的开院元老了，她满脸笑意，对夫妻俩表达了祝福，又作了养育方面的各种叮嘱，临走的时候，说领养合同上还有些后续的款项需要核实和支付，示意赵伟成稍留一下。林欣妮心急地想早点回去把孩子给他外祖父看看，于是赵伟成把她送上了奔驰车，嘱咐家里的司机先把太太送回去，他亲吻了一下浩儿的小额头，又亲吻了一下欣妮的脸，说自己办完手续马上就打车回去。

赵伟成跟着夏清走进了楼道尽头的一间办公室，正等着她拿合同办手续，可眼前这个女人却一言不发，点了一支香烟猛抽起来。这让赵伟成颇为反感，他忍不住小声咳嗽了两下。

"赵先生，你们夫妻没有孩子，是哪方的身体原因造成的啊？"夏清突然发问。

"额……是欣妮……她两侧输卵管都堵塞得很厉害，医生说即便是动手术的话，也不能保证一定能怀上孩子，所以……"

"其实现在虽然政策上不允许，但私下里，愿意做代孕妈妈的健康女孩还是很多的啊，而且像我们育护中心这样的机构，拥有世界最先进的精卵冷冻贮藏设备，就算是长期冷冻的精子和卵子，活性都依旧保持得非常好，很多大龄单身职业女性现在想要一个自己的孩子，是很容易实现的。"

"我们之前确实也考虑过，但是……女性取出卵子的过程……据说也是要承受很大痛苦的啊，欣妮的爸爸和我……都不舍得她受这样的苦……"

"你们家人之间感情真好，真让人羡慕啊……唉，要不是因为我年龄太大没有精力照看孩子,我倒还真想找代孕生个属于自己的宝宝呢……说出来不怕你笑话,因为我们家有卵巢早衰的遗传疾病,所以我妈妈在我十九岁那年就带我到医院,把我的卵子取出作了冷冻处理,可惜我命中没有姻缘,辜负我妈妈当年的苦心了,那个时候,冷冻卵子的技术还没有普及,我们家算是走在时代潮流的前列了。"

天哪……这个女人到底在干嘛?不是说要看合同核实款项吗,怎么拖拖拉拉的,该不是嫌刚才给的礼金不够多吧?我这正着急回家呢……赵伟成心里焦急得很,又不好意思把天聊死,只好敷衍地继续着话题,"夏老师……那您现在和父母亲人一起生活吗?"

"我没有亲人啦,我爸妈很早就去世了,原本还有个妹妹,可是她被人杀死了。"

"对不起对不起……我不该让你想起这样的伤心事。"赵伟成满脸歉意的样子。

"没关系,都是过去的事了。当时警察还判定是入室抢劫杀人,因为房间里的抽屉柜子全被翻得乱七八糟的,银行卡和存折都不见了。但是怎么可能呢,案发后,我是第一个进她家的,是我报的警,当时房间里一股很浓的栀子花香,这是我妹妹最喜欢的香水味,她平时只用一点便宜的橙花香水,只有很认真打扮去见长辈或者喜欢的人时才会用栀子花香水,而且当天她是和我约好了的,晚上带我认识她的未婚夫,所以进房间作案的人,一定是那个和她有亲密关系的男人。"

栀子花香水味?

似乎勾起了赵伟成的一些回忆,但是很模糊……

"看着她全身一丝不挂地躺在床上,脖子红肿着,上面残留着深深的勒痕,当时的我泪如雨下。我看到她下身流出一些液体在床单上,看上去像男子的精液,当时警察还没来,我就搬出多年来在育护中心辅助生殖科学到的本事,从中取了一部分,私自存了起来,直觉告诉我,这就是罪犯留下的证据,万一警方破不了案,我也可以想办法追根寻迹。呵呵,果然,他们除了查到勒痕的来源外,其他一无所获。勒痕是由妹妹的一个路易·威登斜挎水桶包的包带形成的,包被胡乱扔在地上,包带的尺寸形状与脖子上的痕迹完全相符。"

办公室里空气凝滞,赵伟成的身体开始战栗,从手指到胸口都冒出了冷汗,他的那些回忆,渐渐变得清晰起来,让他感到呼吸越发的困难。

那个时候，他刚进入公司工作不久，在一次校园义务咨询活动中，认识了该校的大学生夏洁，夏洁文静美丽的样子深深吸引了他，而他壮硕的体格和谦和沉稳的性情也让夏洁感到温暖与安心。两人迅速坠入了爱河，夏洁也从学生宿舍搬出来，用积蓄租了间小公寓和他同住。半年后，夏洁怀孕了，却由于自己是未婚的在校就读生，所以不得不偷偷去做了人工流产。赵伟成当时信誓旦旦，说是等她一毕业，马上就结婚。可是流产后的夏洁，性格越来越情绪化，常常无端地容易激动、发脾气，刚一毕业，就天天逼着赵伟成，要他和自己一起去见她姐姐，商量领结婚证书的日期。她不知道的是，彼时的赵伟成，已经是林鹤平钦定的上门女婿了，为了自己未来的广阔前程，他对林家隐瞒了自己多年的恋情。

"我独自一人，从妹妹大学同宿舍的好友那里得知了那个男人的姓名，通过我们诊所院长在公安局的朋友，从数万同名同姓的人中，追查到那个男人所在的公司，最终锁定了他和他的生活现状。"

那天下午，赵伟成喝了点酒，和夏洁在床上缠绵过后，她兴奋地告诉他，自己约了姐姐晚上过来，想正式介绍他们彼此认识，再一起讨论一下婚礼的安排。赵伟成对她自说自话的安排非常恼怒，要她马上给姐姐打电话取消约定，夏洁听后就开始了她歇斯底里的哭喊，赵伟成怕她会闹到公司去，万一要是让林鹤平得知，自己的前途就毁了。眼见着夏洁越哭越凶，他心乱如麻，抓起手边一条路易·威登包包的长肩带就……

那个包包，还是夏洁生日时，他买给她的礼物，当时整整花了他两个月的工资，而如今却已物是人非。赵伟成把房间弄乱，还故意拿走了夏洁的存折和信用卡，布置成类似抢劫案现场的样子，他仔细擦掉自己的指纹后，落荒而逃。

"现在你也知道，我们家有卵巢早衰的先天遗传，我妹妹和我一样，十九岁就冷冻卵子了。以我们机构里那些医生的能力，把这些卵子，和我当时取下保存的精液……这绝对不是什么难事儿，况且，我可是找了一个特别好的代孕妈妈，很年轻，很健康，我给了她不少钱……"夏清掏出白大褂口袋里的信封，重重地拍在赵伟成面前的办公桌上，"不过其实吧，这样也挺好的，毕竟是你的亲生儿子，以后，浩儿会慢慢长得越来越像你，你应该会感到很高兴吧？当然了，如果你执意要退还孩子，那么职责所在，我也会将真实的退还原因告知林欣妮的。"

赵伟成的身体，依然在颤抖，他默默地蹲了下来，把头埋在双臂之间，久久不作声。夏清用力在烟灰缸里掐灭烟头，转身走出了办公室。

她走着走着，脸上露出一种难以名状的浅笑，夹杂着忿恨、悲伤、思念与释然。

她们家根本没有什么卵巢早衰的遗传，她和妹妹也从来没有去存过什么卵子。

妹妹死的那天，警察才是第一个赶到现场的人，她说私下存取了精液，是信口胡诌的。

而林浩，不过是一对富二代夫妇拜托她处理掉的、他们女儿和一个穷小子偷吃禁果后，产下的小小结晶而已。

菲 之 翼

"月月,快过来吃午饭啦,吃完妈妈带你去菲菲阿姨家玩。"

"哦!……好哦!……又可以不用睡午觉啦!那宝儿也和我们一起去吗?"

"当然啦,宝儿今天也不用睡午觉啦……"

"嘻嘻……"月月用牙齿咬着筷子的一端,笑得露出两个深深的酒窝。宝儿是月月最喜欢的毛绒玩具兔,不管去哪里,她都要带着这只小兔子,睡觉的时候也要抱着它,要是找不见它了,就会急得大声叫——"宝儿!宝儿!"不知道的人,还以为月月有个小妹妹呢。

每个星期四的晚上,老公都要在公司例行加班,所以下午我就会带着女儿月月去看望好朋友林菲,这样,即便是和她聊天聊得晚了些,也不用担心赶回家做晚饭,时间会来不及。说起来,林菲卧病在床也有七八年了,她是我高中时代的同桌,也是我最好的朋友,记得那时，我家里经济条件比较差，而她爸爸是做珠宝生意的，所以生活过得很殷实。学校午休的时候，林菲就会把家里的比利时巧克力啊、可口的日本糕点啊、还有美国的口香糖和果汁什么的都带到学校里来分给我吃，她生怕我不好意思拿，就说，这样吧，吃的东西我分给你，考试答案你分给我，这样就很公平了吧？

果然是商贾之家出生的孩子，从小就懂得运用互惠互利的原则来解决问题，但其实我知道，林菲的心思可敏锐了，她这么说，只是觉察出了我心里的尴尬和自卑，想要逗我开心，让我轻松自然地接受她的好意而已。不过她考试答案都抄我的，这也是事实，林菲偏科很严重，除了语文，其他科目几乎全都不及格，所以最终还是没能考上大学。就在第二年复读的时候，她爸爸因为生意场上压力过大，积劳成疾，不幸心梗突发意外去世了，再后来，她的继母也因车祸离开了人间，那时候，家里除了林菲，只剩下爸爸再婚时，继母带过来的一个弟弟，叫罗明，还有罗明的妻子，名叫蒋姗姗。

这个蒋姗姗婚前在一家私立医院里当护士，结婚以后，仗着丈夫的继父家境不错，就懒懒散散赖在家里不想工作了，美其名曰："姐姐身体不好，我在家可以一天二十四小时照顾她，而且我是学护理专业的，由我来照顾她，肯定比雇佣来的陌生人要好得多。"

起初林菲的爸爸还是很信任她的，甚至有点感激她，但后来也渐渐觉出这个女孩子接近林菲，似乎另有所图，可能是盼着自己百年之后，如果林菲这么虚弱的身体支撑不了多少年月，她和她丈夫更方便打探姐姐名下遗产的数额吧。

这些都是林菲爸爸还在世的时候，林菲悄悄告诉我的，现在我们都不能再聊这些了，每次我去看望她时，那个蒋姗姗总是守在她身边寸步不离，连水烧开了都不去厨房关火。她说医生关照过，林菲现在极度虚弱，身体随时可能出状况，所以半点也马虎不得，否则哪里对得起爸爸临走前的托付。

说得那么夸张，我心里是有些不信的，现在为林菲治疗身体的张医生，是她爸爸生前的好友，以前念书时，放学后我总经常去林菲家玩，见到过张医生几次，感觉他是个很负责、很正直的人，等过些时日，我一定要去拜望一下张医生，详细了解清楚林菲病情的真实情况。

"呀，你今天气色好多了呢，脸也红润了！"我看着林菲枯槁的面色，刻意提高了嗓音，强装惊喜地说道。

"是吗?……"她停下手里绣了一半的海棠花，下意识摸了摸自己的脸庞，深深凹陷的两只眼睛抬起来看着我，瞳孔里掠过一丝光彩，又很快暗淡下来，捏着银色绣针的手指僵硬地停在那里。直到她的目光转向手里抱着宝儿、嘴里不停喊着"菲菲阿姨"的月月时，才又显出些许平和与喜悦来。

"怎么样？小绣娘，这个礼拜晚上睡眠还好吗？"

"不太好，比前个礼拜更加睡不着了，吃了安眠药也只能小睡一会儿……"林菲说话的声音很轻，言语间透着无力的苍白。

"能不能让张医生把剂量再开得大一些？"

"剂量已经很大了，是普通人服用的三倍量了呢……"

"这样啊……"

"没关系，兴许是下雨天太阴暗潮湿了，心情也就这么低落着，等过两天，出了太阳，白天暖融融的，估计到了晚上，会睡得会好一点也说不定……"林菲看出我的担忧，竟还反过来安慰起我来。

"嗯，过两天是要放晴了，你到时候搬个椅子出来，在太阳底下躺着晒晒，做做苏绣，看看闲书，有兴致么，就提笔赋诗一首……"我笑着说道。

"嗯……你还记得念书那会儿，我们也喜欢看小说、写诗吗？"说起写诗，林菲还真的来了兴致，说话音调也升高了许多，食指缠弄着一股细细的白丝线，好像是海棠花蕾的一缕拼色。

"当然记得啦，你还把那句'时光清浅处，一步一安然'用钢笔尖刻在我们的课桌上，后来把好几支笔尖都弄弯了……"

"……你还记得啊，后来毕业第二年，我们回学校看望老师，还跑到原来的教室里去找那张桌子，可就是没找到……"

"对对对，我们前前后后找了有三遍吧？"

"还不止呢……可后来没找到，挺失望的……"

"我还记得刚巧那个语文老师经过，还问我们在找什么，我们说，在找'记忆的痕迹'……哈哈……话说那个语文老师，可是你当初最喜欢的老师啊，你说他很儒雅、很有文学才华，每回批改你的作文，评语都写得很动人……"

"我说过吗？没有吧……我怎么一点都不记得了……"林菲不好意思地低下头微笑起来。

"别不承认好不好，那可正是你情窦初开的时候呢……"

"别胡说，没有的事……"

"怕什么，你现在是自由身，说了也不怕有人吃醋闹情绪，你看看我，早早地……就被世俗的约定给绑架啦，这辈子都没法脱身了……"

"又胡说，你老公对你那么好，你都从来不用担心家里的开销用度……我就不一样了，爸爸留给我的钱，已经用得差不多了，我自己的身体又是这个样子，永远都没法独立自主地工作和生活……"

"啊哟菲儿啊，你可别怪我插句嘴，你爸爸……哦不……我们爸爸呀，他是有多疼你啊，把那么稀有的宝石都留给你作嫁妆了，我和你弟可是连见都没见到过呢……你还哪能说自己没钱过日子呀，要不，你把东西给我，我们帮你拿出去卖个好价钱，包你这一辈子都好吃好喝的不用愁……"蒋姗姗突然开口，打断了我和林菲之间的逗趣。听着她有模有样地说起爸爸私下给了林菲宝石的事，林菲既没有承认，也没有否认，她只是面无表情地侧过脸去，默默地望着窗外，屋子里尴尬地安静了好一会儿。

"姗姗，菲儿病了这么久，也真是多亏你照顾她了……"我实在憋不住了，出言打破了僵硬的气氛。

"谁叫我是菲儿的妹妹呢,当年为了照顾她,我可是连自己的工作也不要了的,现在你看看,二十四小时不离她身边,有哪个外面请来的佣人做得到啊……"

"是是是,你的辛苦,我和菲儿心里都知道,这不是感激你呢嘛……"我看了林菲一眼,以为她会顺势把话题接过去,可是她没有,她只是微微笑地看着"跑到菲菲阿姨家睡起午觉来了"的月月那张红扑扑的小脸,似乎根本没有听见我和姗姗刚才的对话。

无奈,我只好又和蒋姗姗虚情假意地东拉西扯一番,看看时间也不早了,好不容易把月月叫醒,便和她俩道了别,随即走出了林菲家的大门。月月还没完全睡醒,我牵着她的小手走出一片住宅区,在马路边拦了辆出租车,坐在车上,总觉得好像落下了点什么,等快到家门口的时候,才发现我们把宝儿落在林菲的房间里了。

这下可好,和预想的一样,月月晚上见不着宝儿,一宿都不肯好好睡觉,第二天一大早,我把女儿交给还没去上班的丈夫,自己顾不上吃早点,就匆匆忙忙赶去林菲家,想早些把宝儿拿回来。到了她家,刚打算敲门,就遇上从屋里出来的张医生,许多年未见,张医生的头发都花白了，害我差点没认出来，他倒是记性很好，抬眼一见到我就说了句——"这不是敏慧嘛，都长这么高了！"

"张医生，我正想找您呢，今天林菲身体怎么样了？您怎么来得这么早？"

"唉，小姑娘……情况不大好啊……刚才给她打了一针，睡下了。"张医生叹了口气。

我赶紧对蒋姗姗说明来意，拿起宝儿就随着张医生一起往外走。

"她的身体……现在究竟是什么状况？我昨天来看她，蒋姗姗说医生关照过，菲儿目前身体情况非常糟糕，所以她一步也不能离开。这是真的吗？我不太敢相信。"

"怎么说呢……林菲这孩子，先天身体条件太差，除了遗传她爸爸的心脏问题，另外肺部感染、肾脏功能严重退化、脾胃也非常弱。再加上她性格不是特别开朗，属于那种多思多虑的类型，这使得她的脑压也成了拖垮身体的极大负担……敏慧，你和她是从小一起长大的，有时间的话，你一定要多陪陪她，多疏导疏导她，让她凡事要多往开心的地方想想啊……"

"我知道的,张医生,您放心吧。只是我本来没把蒋姗姗的话当回事儿,也没想到……她的身体原来问题那么严重……"

"林菲现在的状况,稍有不小心,确实很容易引起并发症。不过那个女人的话,你确实也不用太当回事儿。什么'一步也不能离开'?我好几次半夜去出诊,她根本就没在林菲房间,自己一个人睡在南边那间客房里呢。你不知道吗?林菲每天晚上都是开着门睡觉的,夜里身体不舒服了,要扯着嗓子很费劲才能把她叫起来。唉,这个女的,年纪轻轻的,本质却是不正派,跟那个罗明一个样,我早就跟她爸爸说过了……"

"原来是这样……真没想到,人前一套,人后一套啊……对了张医生,有件事情,我想问问你,但也不知道合不合适……"

"什么事?你说。"

"我那天听蒋姗姗提起,说林菲爸爸给林菲留了什么珠宝之类的,好像她还挺眼红似的,您知道这事吗?"

"哦,这事我知道,他留了一枚五芒星的粉钻给林菲,那是他做珠宝生意这么多年存下来的宝贝,据他说,那东西还挺有来历哦,当时市场上的估价……好像是两千来万吧,不过要是拿去拍卖,那涨幅可就大喽,到了现在嘛,就更不得了了……"

"难怪……他们夫妻俩该不是……想占为己有吧……"

"嗯,小姑娘到底长大了,有眼力见!不过估计林菲肯定把它藏得很好,他们找不到的。你别看这孩子身子弱,心思可缜密得很呢。"张医生意味深长地点了点头。

在岔路口拜别了张医生,我便抱着宝儿往家里的方向走,一边走,一边忧心着林菲的身体,想起蒋姗姗夫妻两人对她的真实意图,心里忿恨不已。不知不觉走了很久,连叫出租车都给忘了。

以后的日子里,我除了每周四下午照例带着月月去林菲家外,周末只要有空闲,就还会再去看望她一次。我们坐在阳光里,一起聊到了很多往事,我还和她约定,等她再完成几个苏绣成品,就找个小会馆,给她开个"菲之翼"个人作品展。然而,我这个策展人的计划,终究还是落空了。八个月后,林菲因高烧不退引起并发症,永远离开了这个世界。

追悼会过后,我来到林菲家,向蒋姗姗要走了她留下的一些书籍、相册，还有几件刺绣品，那时候他们夫妻俩正忙得不亦乐乎，说是要将所有房间彻底重新装修一番，我看到林菲房里的那些家具，竟然都被砍成了断面，连墙角的水泥也有被扣动脱落的痕迹，呵呵，他们该不会是挖空了心思在找什么东西吧？……

时光荏苒，月月也在一天天长大，有时候，她会问起我，妈妈，菲菲阿姨什么时候从外国治病回来啊？我总是回答她说，快了快了，大概过新年的时候吧。

宝儿和月月，依旧是最要好的朋友，那天，月月在幼儿园里上了一节游泳课，回到家后就把宝儿"扑通"一声扔进了注满水的浴缸里，等我急忙赶过去时，原本软乎乎的长绒小兔子，已经变成了一只湿漉漉的"落汤兔"。

我试图把宝儿身上的水拧干，手掌弯曲稍稍用力时，好像感觉有什么东西硌到了我的拇指，顺势仔细摸了摸，咦？宝儿背部怎么有个硬块？难道是玩具厂家在兔子身体里缝了个暗扣？还是批量生产的时候，不小心掉进去了什么？……

我瞒着月月，拿剪刀小心翼翼地挑开宝儿背部隐藏在长绒毛里的缝线，呀……里面真的有个东西呢……我把宝儿倒拎起来晃了几晃——"啪嗒"！掉地上了。

什么东西啊闪亮亮的……一个粉红色的……五角星？我低下头定睛看去……

正月十五

正月十五，过年里的最后一天，张灯结彩的喜气还氤氲在空气里。六十二岁的刘淑芳很高兴把它定为人生的最后一天，等她下楼倒完垃圾，这一天就算过完了。她选择从对面那栋楼的露天平台上往下跳。这个位置，她早已勘探过，32楼，足够高，有个旧窗户常年开着，可以爬出去直接站到没有围栏的水泥平台上，而且不是自己家住的楼房，也不会给儿子儿媳添个不吉利。

没有什么特别的理由，人总有一死，想死在自己的安排里，这样会比较平静。

小区的外墙正在维修，因为过年，做到一半的工程就赤裸裸晾在哪里。二月末的晚风，带着一丝短短的冷冽，刘淑芳想到最后那轻盈的解脱，不禁微笑起来，她幻想着自己的身体呈自由落体状态往下坠，又好似要飘飞起来一般，耳边会有呼呼的风声吗？

刘淑芳嘴角的笑意更深了，那是沉醉的笑，眼角宛如抹上了一层冬季的斜阳,映衬着火红的羽绒服毛领子,在她的心海里,和她滚烫飞溅的鲜血一样夺目。

说一点也不害怕那是假的。第一次试着站在那里往下看,心脏猛地加速了跳动,但是随即而来的是兴奋,对快感的喷薄而出的向往充塞满她的整个大脑,哦天那,她渴望坠落,渴望听到自己的肉体与楼底的水泥地触碰而发出的巨大扎实的撞击声。

刘淑芳倒完垃圾往回走,头脑里还回荡着撞击过后沉闷的回响,激动着,但又怕到了最后一刻,人站上去了,胆子疲软了,退缩了。想要自我了断的急切与胆怯揉成一团,在她脑子里打架,两人都凶猛异常,你来我往纠缠不下。

刘淑芳就这样不知不觉走进了维修工地。

突然,一声巨响。没有早一步,也没有晚一步,从20楼脱落了大约一平方米的混凝土外墙,不偏不倚砸中刘淑芳的头顶。

她瞬间失去了生命体征。

她甚至……还来不及感到欣喜。

何 以 为 家

"其实做这个决定,我考虑很久了。"琳达半躺在公园的绿色长椅上,她的手指在安娜的牛仔裤上画着圈圈。

"为什么非要离开这个家呢?这可是你从小生长的地方啊。"安娜问她。

"自从弟弟出生后,我爸死了,我在妈妈眼里就成了一个透明人,我能理解弟弟比我小九岁,理应得到更多的关注和照顾,但那种被遗忘被忽略的感受……你明白吧?"

"我还是相信你妈妈是爱你的,只是弟弟还小,可能只是……她顾不过来而已。"

"我也相信啊,所以……我离开一段日子后,会回来的。"

"你只是想看她表演那场戏?那场爱女终于回到自己怀抱里的痛哭流涕?抽泣着道歉,为一直以来忽略了你的感受而忏悔？"

"差不多吧。"我笑了笑。

"如果你真的决定离开，你倒有个好去处，你待在那里，连警察都找不到你。"

"是什么好地方？"

"我爸爸刚发迹的时候，买下一个小岛，起名为'云岛'。那里的村民质朴得要命，还停留在很初始的生活方式里，一般只要不是全球通缉，警察几乎都忽略那个地方。"

"很远吧？"

"嗯，不过我家有船，我每年夏天都会住到那里去练习瑜伽冥想，到时候我们可以一起过去，你先去办个假身份证，用假地址和假名字。"

"我知道了，太好了亲爱的。"我感激地拥抱了安娜。

三天后，琳达坐上安娜家的船向"云岛"驶去。她的小背包里除了自己的一点积蓄和假身份证外，什么也没带。到了岛上，安娜为她安排了住处，房东太太是位和颜悦色的夫人，会讲简单的英语，她看了琳达的假身份证，微笑着说索菲亚这名字真好听。

是啊，从今天起，我就是索菲亚了，她和房东太太一起逛市场，来到卖衣服的一间铺子里，索菲亚买了几件上衣和长裤，她试穿的时候，把自己的旧衣服塞在布帘子后面，这件绿色衬衣和米白色裙子是在老家的商城里买的，把它们留在这儿，就此和曾经的琳达告别吧。

索菲亚在小岛上找了一份教孩子们英语的工作，这里的老年人几乎都不会英语，中年人会的也不多，大家都把期许寄予在孩子们身上，所以做这份差使，很受大家的欢迎。

这个时候，城里的警局已经在报刊上登载了寻人启事，上面还附了琳达的彩色照片，并且启事上明确承诺——从即日起，悬赏三十万元，用于感谢寻找到并把琳达带回家的人。

一天早上，像往常一样，我和房东太太正在吃着美味的早餐，我拿着英文报纸，告诉她城里走失了一个女孩子。

"你觉得我长得是不是跟她有点像？"我指了指报纸上自己的照片。

"不像，她的脸胖嘟嘟的，你比她要瘦得多了，而且你的皮肤是大麦色的，她显然是那种标准白种人的肤色。"

"我怎么觉得自己和她挺像的呢？"

"我可不觉得，亲爱的，要不你去问问查尔斯吧，他观察你一定比我仔细得多……"她微妙地朝我笑了笑。

查尔斯是我教英语的一个小孩的爸爸，孩子的妈妈因为难产离世很早，小宝宝是由祖母带大的。这位爸爸英语讲得很不错，总是长时间地盯着我看，并用很书面的形容词赞美我温柔，我承认我慢慢也喜欢上他了，也开始在这个世外桃源里享受起了自由美妙的时光，我的心灵拥抱着这些从我生命里偷来的日日夜夜，以至于当我想到有一天我要离开这里的时候，心中掠过一阵空落落的刺痛。

不知不觉一年过去了，安娜屡屡提醒我返航的归期。

"你不会真的丢弃你自己的家了吧，亲爱的，离家出走只不过是为了提升一下你在你妈妈心目中的分量，那才是你的初衷啊……"

就像离开家时一样，我在最为日常的某一天，无声无息地离开了"云岛"，汽笛声鸣响时，我回头望着这片我生活了整整一年的乐土，今天晚上房东太太会挨家挨户找我去吗？查尔斯会沉默而失神吗？他们会给孩子们找个新的英语老师吗？我一个人站在甲板上吹着冷风，目送着让我不舍的一切渐渐从我的视线里消失，也慢慢地，在我的心底里被封存起来。

船靠岸了，走在无比熟悉的马路上，我紧紧抓住安娜的手。每靠近家里一步，我的心中都充满着期待、担忧甚至无所适从的紧张。我想象着那样的场景，妈妈奔向我，将我紧紧拥在怀中，不停地喊着琳达，琳达，你终于回来了，太好了……而弟弟会躲在一边看着我们，然后默不作声地走掉，无论他走掉后要去干什么，妈妈都无暇关心。

我被自己的臆想感动了，热泪盈眶，并准备着、等待着这一切的发生。就这样，安娜一边拉着我的手，一边敲开了我家的门。

是妈妈开的门，她看看我，又看看安娜，露出了礼貌的微笑。

"是安娜呀，好久没来我们家玩了，你还好吗？"

"伯母，我把琳达带回来了！"安娜兴奋地说。

"行啦，自从我们登报悬赏以后，带着琳达回来的人，都快有十七八个啦，他们都是想拿赏金，不过安娜……你爸爸这么富有，你大可不必奔着这么点钱来吧？"

"不是啊伯母，她是真的琳达，是您女儿啊！您真的认不出来了吗？！"

"不瞒你说，每一个带琳达来的人，都是这么说的，而且每一个被带来的女孩，长得都和我们的琳达挺像的，有的几乎相像到连我都感到真假难辨的地步了。所以呢，我们不得不去做亲子鉴定，结果呢，你也知道，唉……作孽呀，做鉴定的时候，每回我都以为这次这个一定就是我的亲骨肉了，可结果每回都是白白激动一场。"

"不不不，伯母，你听我说，不管你以前弄错过多少回，现在我身边的这个，确确实实——是您的亲生女儿！"

"我丝毫不怀疑她是个好姑娘，只是……和我的琳达相比……琳达的脸蛋要显得更圆一些，皮肤也要白皙得多。"

"这样吧，我们去医院再做一次亲子鉴定，做完后，我敢发誓，一切就都明朗了。"安娜斩钉截铁地说。

"不用了，伯母，我确实不是真的琳达，我的真名叫索菲亚，生长在一个小岛上，那是个很落后的地方，我的妈妈甚至都不太会说英语……这是我第一次来到大城市，很抱歉打扰了您。"

琳达的抢白让安娜惊得瞪圆了眼睛，琳达自己也吃惊极了，她原本是想为自己澄清的，她想说出妈妈的生日、弟弟的生日、爸爸的祭日、还有她离家时穿着的绿衬衣和白裙子是在哪里买的，以此来证明自己就是妈妈的亲生女儿。可是……可是脱口而出的竟然是这些话，多么荒唐，多么疯癫，琳达被自己吓住了，是的，她被埋藏在自己心底的真实渴望，狠狠地吓住了。

"我就知道你是个诚实的好孩子，没关系，我不责怪你。至于安娜么，你从小就最知道体贴人，你一定是不想看到我因为失去琳达而心里难过，所以才自作聪明地顽皮了一回。这些我都懂，谢谢你的好意，也替琳达谢谢你……"

琳达礼貌而歉意十足地拜别了自己的妈妈，拉着依旧瞠目结舌的安娜向远方飞奔而去，她的脸上洋溢着灼热的光彩，这光彩，连太阳的光辉也相形失色，"安娜，我求你件事，马上带我回云岛吧，带我回到房东太太、查尔斯和孩子们身边去，哦……求你快带我去吧……求你了……"

女生宿舍的一千零一夜（一）

九月的夜晚，盛夏酷暑的闷热还没有退净，即便是窗户大开，再把电扇风力调到最高，大家还是翻来覆去睡不着觉。宿舍里刚刚熄了灯，操场上柠檬色的路灯灯光从窗外泼洒进来，点点微黄倒映在地面上。

"好热啊……"李佳躺在床上抱怨道。

"是哦……连电风扇吹出来的风都是热的……"赵燕一边打哈欠一边回应着她的下铺。

"喂喂，同志们，不要那么消沉嘛，既然都睡不着，我提议，要不我们一人讲一个故事，然后选出最牛逼的一个故事，剩下的两个人请客吃麻辣烫和必胜客，怎么样？"宋薇居然还兴致勃勃。

"薇薇，你是不是又饿了啊？谁叫你节食的，真是的……"李佳说道。

"讲什么故事啊？要不让薇薇讲讲她谈过的一百段恋爱怎么样？嘻嘻……"赵燕痴痴地笑起来。

"啊呀，你们认真点。要不就一人讲一个你们认为，在所有看过的电影中，最厉害，最与众不同，最离经叛道，最意味深长，最让你感慨万分的，如何？"宋薇问大家。

"好好好，电影分享大会，我同意。我看过一个超级变态的电影。"李佳回应得很积极。

"那我还看过一个超级细思恐极的电影呢，等会儿讲给你们听哦。"赵燕脑子里也很有准备。

"好，那佳佳先讲，然后燕燕，最后我。"宋薇发布了排序。

"好，那我先讲，那个电影好像叫'解禁男女'"。李佳开讲了。

"是不是很黄的那种啊！"赵燕问。

"不是黄……是……一言难尽……哈哈。"李佳说。

"好好好，佳佳继续。"宋薇催促道。

"这个电影是讲一个男人和一个女人，两人呢在同一家公司上班，他们的名字只差一个字，男人叫郑智厚，女人叫郑智秀。有一天，智厚去取快递，但是呢，派送包裹的那个大爷看错了名字，早一步把包裹给了智秀，智厚连忙追出去想要回包裹，可智秀却已经把它打开了，她发现里面是一个黑色的项圈,智秀愣住了,这是什么东西啊?这时,智厚赶到办公室,一把抢过项圈,说,这是给我们家宠物狗买的小道具,智秀这才发现,哦,原来这不是我的快递。在智厚正准备离开时,盒子里一张商家SM道具的购物券掉在地上,两人看了,非常尴尬地站在原地。"

"SM是啥?"赵燕打断了问。

"就是性虐待呀。"宋薇解释道,"继续继续。"

"晚上,智秀夜跑的时候,路过一个成人商店,橱窗里的黑色项圈和智厚那个很相似,智秀想到白天在公司里,智厚向她解释,说那东西是给宠物狗的道具,她顿时露出恍然大悟的表情。

"第二天上班,两人在公司仓库又遇到了,智秀问了智厚一个关于项圈用途的问题,智厚听了很惊喜,他误以为智秀也有这种癖好呢,于是他竟然跟智秀推心置腹,希望她以后能当自己的主人,能像对待狗一样对待他,还激动地说,能遇到同好真的很不容易。智秀这才明白,原来他买这个项圈,不是套在女人脖子上的,而是套在他自己脖子上的。

"于是,两人真的就建立了主仆关系,还签订了为期三个月的协议,协议规定,智秀是小奶狗的主人,并且他们每周都要完成至少一次道具游戏。

"比如有一次,智厚乖乖地蹲在地上,智秀把项圈套在他脖子上,并向这只小奶狗发出"趴下"的指令,然后轻轻抚摸小奶狗的头发,小奶狗完成"趴下"后,智秀把狗粮倒在手上,小奶狗先用鼻子闻了闻,然后大口大口吃了起来,吃完后发出开心的汪汪叫声。

"比如还有一次,智秀用红色的高跟鞋在小奶狗身上不断踩踏,小奶狗的背上已经伤痕累累,但他的表情却非常享受,这种受虐的体验正是他渴望已久的。

"智秀在成为小奶狗的主人后,两人完成游戏的次数不断在增加,智秀的掌控能力和掌控欲望也变得越来越强,甚至在工作中,她的风格竟然从慢条斯理变成了雷厉风行。

"有一天,智秀忍不住在公司的会议室里训练起小奶狗来,她抽出小奶狗腰间的皮带,狠狠地抽打一旁的办公桌,拽着他的领带,对着小奶狗破口大骂,从小奶狗的表现来看,他非常享受这样的待遇,受虐倾向又一次得到了满足。

"但是他们两人万万没想到,一个掉在地上的录音器把这一切全都记录了下来。

"不久以后,三个月的协议期马上就要满了,他们的游戏也该结束了。智厚提出将协议延期的要求,结果智秀却拒绝了,因为她发现,自己在和智厚一次次近距离相处后,她不知不觉爱上了这个男人。

"出乎他们意料的事情来了,不知道是谁上传了一段录音到他们公司的工作群里,内容正好是智秀用皮带抽打和谩骂小奶狗的过程。结果两人被带到领导办公室,领导对他们一番冷嘲热讽,并问两人是什么关系,而且说,如果两人是情侣关系的话,处罚可以从轻考虑。智厚坦言,说完全是自己自愿要求智秀对他进行这种践踏的,而且自己还单方面喜欢智秀,然后,他当着领导的面,向智秀表白了。而智秀本来心里就喜欢智厚,此刻,她也当场接受了他的表白,这番举动让领导哑口无言,两人也因祸得福真正走到了一起。"

"好啦,全剧终……"李佳说道。

"哇,受虐倾向啊……这是哪国的电影啊?居然还敢这样拍……"宋薇感叹道。

"显然是韩国的嘛,你听主角的名字就知道了。"赵燕回答说。

"还真是呢,据说韩国没有电影审查制度,只要敢拍,就可以上映,像这种片子,果然超级过瘾啊。"宋薇说。

"还算是部喜剧片的吧,内容真是颠覆三观……"赵燕说。

"还好吧,其实每个人都有不为人知的癖好啊,性癖好只是其中的一小部分,能遇到理解接纳自己的爱人,不是很幸运吗?"李佳说道。

"嗯……这么理解的话,还是有道理的。"赵燕说。

"好啦,轮到燕燕啦,你也来颠覆一下我们吧。"宋薇催促着说。

"那……我讲一部'坏种'吧,讲杀人案的。"赵燕清了清嗓子。

"啊刺激刺激刺激……"李佳很兴奋。

"说是有这么一个女孩子,她非常冷漠,冷漠到看到自己家里的猫掉进深水池里垂死挣扎,她不但不去救,还面无表情地拉上窗帘。

"有一次,小女孩看见她的一个同学带了一块新手表,手表很漂亮,周围的同学都说好看,结果,小女孩表情阴沉地走过去,假装不小心,推倒了那个同学,再把她扶起来，然后神不知鬼不觉地把手表顺到了自己口袋里。

"这一切都被她的班主任老师看在眼里，女孩发现了，但她却毫不慌乱，她非常冷静地和老师对视，一点也没有表现出心虚或者歉疚。

"其实这个小女孩家非常富有，她自己也十分优秀，获得过很多优秀学生的奖章，她还会自己搭配衣服、梳理发型，生活过得看似很精致。她从小没有母亲，跟着当老板的爸爸一起生活，还有一个无比疼爱她的姑姑。那天，她和爸爸说，明天学校要颁发非常重要的年度奖牌，我对自己能获得奖牌充满信心。她爸爸听了，非常高兴。

"在班主任老师来家访时，老师特地单独和父亲说起，你的女儿好像很特别，因为她没有任何生理恐惧，好像活在自己的独特世界里。但他的爸爸并没有引起足够的重视。

"再说回那个年度奖牌，意料之外地是，女孩没有获得它，而是被同桌的男孩获得了，她爸爸怕她失落，试图安慰她，可小女孩一点也没有不愉快的样子，而是微笑着说，她为同桌男孩感到骄傲和开心。

"然而第二天,她便把这个男孩骗到悬崖边,趁他不注意,狠狠把他推下了悬崖。当众人发现时,男孩已经溺水死亡了。

"这天晚上睡觉前,小女孩对着镜子,反复练习痛苦的表情以及怎样假笑。第二天,女孩去参加男孩的葬礼,她看上去非常伤心。

"后来又有一天,同学们在教室里做作业时,一只马蜂飞了进来,大家都吓坏了。但小女孩却不慌不忙地把蚂蜂罩在玻璃杯子里放生了。一个同学问,你是怎么做到的?你不害怕吗?小女孩回答说,我家后院就有一个马蜂窝,爸爸说,马蜂只有在受到威胁时才会攻击人类,否则不会主动出击的,这是它们的天性。

"不久,班主任老师又来她家调查情况,因为有三个同学说那天看见女孩出现在悬崖边,而且,男孩的奖牌不见了。他们想要弄清楚到底发生了什么。

"女孩躲在门外偷听到了这一切,她一回头,发现家里的保姆居然也在她旁边偷听,而且那天保姆打扫屋子时,在女孩的床底下发现了丢失的奖牌。这下保姆知道了真相,便吓唬她说,凶手一旦被查明,就会被绑起来坐上电椅,活活烤死。女孩看着她,露出一脸阴郁。

"与此同时,调查完毕的班主任老师在开车回去的途中,后座上的马蜂窝里飞出了几只蚂蜂,老师本能地去拍打,结果无数马蜂飞出来袭击老师的脸,汽车顿时失去了控制。

"保姆把找到的奖牌给了女孩的爸爸,爸爸质问小女孩,这是怎么回事?小女孩恶狠狠地回头看了一眼保姆,然而脸颊回转过来时,已经满脸微笑,她说,奖牌是同桌让她戴着玩的。后来她爸爸去男孩家归还奖牌,却得知班主任老师出车祸死了,导致车祸的,是后座上的一个马蜂窝。父亲赶回自家后院,发现原来一直在那儿的一个马蜂窝不见了。

"晚上,小女孩谎称有话要对保姆说,把她骗进了车库。小女孩在外面把卷帘门落了下来,很快,车库的一角开始烧了起来,继而烧到了保姆身上,保姆拼命拍打卷帘门,却无济于事。小女孩从车库外面的窗户里看到这一切,露出了满意的笑容。

"得知家中失火的爸爸飞快赶回来,担心地把女儿搂在怀里,但是看到女儿脸上的这种笑容,他似乎明白了什么。

"晚上,爸爸再度质问女儿,女孩终于承认了一切。

同桌男孩、老师、保姆，三条人命。但是身为父亲，他依然不愿女儿被警方带走，为了避免警方进一步搜索，他们只好来到另一个城市居住。那时，女儿对爸爸说，她觉得她并没有做错什么，她从不会无缘无故伤害别人，都是别人先惹怒她的。只是父亲已经不相信她了。

"晚上，女孩打开了厨房的煤气，自己却跑出了家门。爸爸在睡梦中被煤气呛醒，他急忙起身关上煤气，才捡回一条命。女孩冷冷地对他说，你已经不相信我了，你死了，我可以去找姑姑。

"第二天晚上，爸爸把安眠药磨成粉放在牛奶中，看着女儿喝光。他以为，至少今天晚上，可以放心睡了。结果半夜，女儿睁开眼睛，找到爸爸的枪，把它握在爸爸自己手里，并扣动了扳机，想伪造成爸爸自杀，结果子弹打偏了，爸爸惊醒过来，问女儿为什么没睡着，女儿说，她把自己的牛奶和爸爸的牛奶调包了，所以服下安眠药的人是爸爸自己。

"女儿拿起爸爸的手机拨通警局，大叫着说我的爸爸要杀死我，然后躲进了卫生间里。爸爸踢开卫生间的门，拿枪指着女孩，警察正好赶到，女孩大声哭着求救，但她爸爸却辩解说，是女孩想要杀死他。可是警察怎么会相信呢。当爸爸再次拿枪对准小女孩的时候，身后传来警察的枪响，女孩的爸爸不可置信地倒在了地上。

"姑姑赶来了，在警车里找到了小女孩，小女孩问姑姑，是爸爸生病了吗？我回到家里可以吃冰激凌吗？姑姑心疼地拥抱了小女孩，她没有发现，小女孩的脸上，露出了诡异的微笑。"

"OK，全剧终。啊呀，讲得累死了。"赵燕叹了口气。

"啊……好变态……四条人命……"李佳唏嘘道。

"这部电影已经翻拍三次了，很有名。"赵燕说。

"不过想想，她也说得没错，确实是受到威胁了才反击的，并没有主动伤害别人啊。"宋薇说。

"可是，至少同桌的小男孩没有威胁到她吧？……"李佳迷茫地问。

"你觉得小男孩没有威胁到她吗？"宋薇反问。

"好啦好啦，等一下再讨论，薇薇，该你讲啦。"赵燕催促道。

"哦，好，我讲一部金棕榈大奖提名电影，名字叫'花容月貌'。"

"女孩伊丽莎白出生在一个很富裕的家庭里,她有着精致的容貌,非常迷人。因为从小父母离异的关系,她的心理比一般同龄女孩要成熟一些。她喜爱阅读,对情爱的探索怀有莫名的期待。

"在一次为她庆祝十八岁生日的旅行中,她认识了一个德国男生,名叫捷克,捷克优雅的谈吐一下子吸引了伊丽莎白,出于对性的好奇和对情爱的向往,伊丽莎白献出了她宝贵的第一次。但遗憾的是,这次经历完全没有带给她满意的体验。

"旅行结束以后,伊丽莎白回到巴黎。自从有了第一次身体上的体验后,伊丽莎白彻底释放了自己的天性,她做出了一个重大的决定,她决定去做援交女。"

"援交女是妓女吗?"李佳问。

"对。"赵燕答。

"白天,伊丽莎白老老实实在贵族学校上课,到了晚上,她就摇身一变,成了一个妖冶迷人的援交女。她把自己性感迷人的照片上传到网络上,当有客人找到她时,她就精心打扮好自己,去往客人指定的酒店房间。

"伊丽莎白接触到的嫖客形形色色,有的人事后赖账,只给一半钱,有的人粗鄙不堪,爱侮辱人,骂伊丽莎白是出来卖的婊子，也有的人很绅士，在爱的宣泄进行完毕后，无比温柔地对待她。每一次的经历，都带给她对人性全新的认知和体验。其中就有一个七八十岁的老人，名叫乔治。他对待伊丽莎白是如此充满爱意，两人从第一次见面后，就互留了联系方式，伊丽莎白内心一直期待，能与这位老人有下一次的见面。

"而伊丽莎白的妈妈，只是以为伊丽莎白交了男朋友。她贴心地在女儿的梳妆台上放上了计生用品，并嘱咐她，要保护好自己。

"自从伊丽莎白和乔治有了第一次见面后，乔治便成了伊丽莎白的常客，伊丽莎白享受着乔治为她带来的一切美妙，两人之间产生了炽烈与深沉的情感。可意外的是，在一次水乳交融的情爱中，乔治由于过度兴奋而导致心脏病突发，死在伊丽莎白的温柔乡里。

"警方的调查使得伊丽莎白的援交女身份被她妈妈得知，她妈妈在震惊与羞愧中，怀疑自己的女儿是否得了什么心理疾病。

"妈妈中断了伊丽莎白的一切对外联系，伊丽莎白也被迫结束了援交女的生涯，而回归到正常的生活轨道中来。她开始和普通男孩交往，可这些男孩的青涩，每次总是让她觉得烦闷和失望。日子就这么一天天过去,有一天,一个面容精致,穿着优雅的老女人找到伊丽莎白,她说她是乔治的妻子,想和她聊一聊。伊丽莎白答应了。

"乔治的妻子看着伊丽莎白年轻的脸庞和身体,仿佛看到了年轻时候的自己。她告诉伊丽莎白,死于情爱是一件无比幸福的事,自己并不怪她,她还说,自己年轻时也曾经幻想过像伊丽莎白一样,大胆地去探索一切未知,但是碍于世俗的眼光,她还没有来得及这么做,就已经老去了。她对伊丽莎白的做法表示了赞赏和支持,并鼓励她勇敢地去追寻自己想要追寻的一切。她说,生命的意义,只有在探索中才能领悟。探索的方法有千百种,只不过我们选择了其中少有人用的一种罢了。

"这是伊丽莎白第一次听见别人对自己所做的一切表示支持和鼓励,她们敞开心扉地交谈了很久,分别前,还一起表达了对乔治的缅怀和思念。

"经过这次交流,伊丽莎白仿佛觉得自己突然长大了。在不知不觉间,她的内心变得更加圆润、深邃、完满,从此以后,她体内积蓄的力量将带领她更坚定、勇敢地踏上人生的旅程。

"全剧终。"

"薇薇，亲爱的，你选这部电影，是因为伊丽莎白和你有着某种相似性吗？我是说……不像我和李佳选的片子，是因为娱乐性……"赵燕问。

"也可以这么说吧……集邮，在不断试错中学习和总结……我总觉得这对我们将来更好地生活会很有帮助。"宋薇说。

"可是，就不会受到伤害吗？"李佳问。

"也许会，但是那种稍纵即逝的伤害，相比因缺乏了解而盲目结合后暗无天日的伤害，要小太多太多了。"宋薇回答。

宿舍里一度安静了下来，三人都在沉默中思索着什么，也许等一下又要恢复热闹了，等一下，李佳和赵燕还得讨论讨论，她俩谁请麻辣烫，谁请必胜客。

红宝石项链

从首饰店门口走进来一个小女孩,看上去大约四、五岁左右,穿着蓝色的粗布裙子,裙摆处的卷边已经磨破了。

"老板老板,我要买这条项链,请帮我包起来。"

小女孩用手指指玻璃橱窗最显眼处那条耀目的红宝石项链。标价牌上赫然写着"2800元"。

"额……当然可以亲爱的,只是……你带钱来了吗?"

"当然带了!"

小女孩从口袋里摸出几张皱巴巴的现钞和几个一元硬币,然后小心翼翼地数出5张5元和3个1元放在柜台上,把剩下的2个硬币塞回口袋里,"这里,28元,正好。"女孩又把钱往老板那里推了推。

"可是……可是这里……这里28后面还有2个0啊小姑娘?"老板指指标价牌。

"0？姐姐说过，0就是没有的意思啊，所以……还是总共28元，难道不对吗？"小女孩经过一丝迟疑后，还是相信了自己的判断。

"这么漂亮的项链，你是买给自己的还是买给姐姐的？"老板问。

"当然是买给姐姐的，明天是她的生日！"

"原来是姐姐生日啊！"

"对啊，告诉你一个秘密……"

"什么秘密？说来听听……"

"我们没有妈妈……是姐姐把我和弟弟养大的，姐姐吃了好多好多苦，她自己连一件漂亮衣服都没有，我和弟弟把买早餐的钱全部存起来买礼物，明天要给她一个惊喜……"小女孩把嘴凑近老板的耳朵，悄声说。

老板良久没有答话，他望着柜台上揉皱的纸币和亮闪闪硬币，突然弯下腰打开玻璃橱柜，取出那条美丽的红宝石项链，把它装在一个金色的首饰盒里，细心地用丝带包扎好。

"这条项链戴在你姐姐脖子上，可以想象有多好看，你姐姐一定会很喜欢很开心的！"老板说着，把首饰盒递到小女孩手中。

"我和弟弟也这么觉得!"小女孩说完,拿着首饰盒欢天喜地地一路小跑出了店门。

首饰店里再次安静了下来,老板默默地望着洁净的橱窗里,原本放置红宝石项链的地方如今空空如也,标价牌孤零零地立在那里,他心中涌起万千感慨,而当他的脑海里回想起小女孩对他说的悄悄话时,脸上又露出了柔软的呵护与暖暖的爱意。

小女孩回到家,姐姐正在为晚上的派对给自己化浓浓的烟熏妆。

"帮你弄来了。"小女孩把首饰盒往姐姐的梳妆台上一扔,转身脱去蓝色的旧粗布裙子丢在地上。

"嗯,就是这条,干得不错。"姐姐拉断丝带,拆开首饰盒,扯出项链套在手上一边把玩,一边悠悠地说。

白　日　梦

终于结束啦，这漫长的九月……

被忙碌的工作和失恋的低落心绪几乎要拖垮了的夏雯刚参加完大学同学聚会，在席间多喝了两杯红酒，走在回家的路上感觉脑袋晕乎乎的，不过她想着接下来七天长假自己终于可以把手机调成静音舒舒服服睡大觉了，心里仿佛多了些惬意，高跟鞋"嗒嗒嗒"踏在小区里的水泥地上，脚步也越来越轻快了。

十一点二十分，时间不早了。因为中间没有停顿，电梯下行的速度很快，不一会儿就到了一楼。夏文独自上了电梯，在按键"15"上轻轻按了一下，电梯门关上了。到了15楼，夏雯习惯性地迈着大步往左拐，却差点撞上别人。她猛一哆嗦，把混混沌沌的酒意都吓醒了。和他错肩而过的，是一个身材高大的男人，全身裹着米色风衣，后颈领子是竖起来的，黑色口罩把大半张脸遮盖得严严实实，头上同样是黑色的鸭舌帽压得很低。

好奇怪哦……夏雯心想。

虽然已过了盛夏季节,但九月的天气依然还是挺热的,深夜一袭这样紧捂的打扮,激起了夏雯的好奇心。夏雯下意识地对他多看了一眼,楼道里昏黄的灯光下,这个男人的左手手肘处,有一块暗红的色斑,像是湿润润地渗透在米色的衣料中。

这……难道……该不会……是血渍吧?

夏雯不敢多看,立马把头转回来后大步往前走。只听到身后,那男人仓促的、登上电梯的脚步声。随着电梯门缓缓关上,身后便只留下一片漆黑。

夏雯走进家门,立马把门关好并反锁上,然后拧亮客厅里的灯,呆呆的,在一片寂静中默念:我什么也没看到,我什么也没看到,没看到……

可能是聚会上酒确实喝多了,也可能是不久前刚和男友分手又恰逢深夜受到了惊吓,无助和落寞幻化成深深的疲惫,还没来得及梳洗,夏雯便躺倒在床上睡熟了。

第二天,夏雯从睡梦中醒来,觉得肚子有点饿,于是她拿起手机给自己点了一份肯德基套餐,窗外淡淡的阳光洒进来照在深褐色的地板上，夏雯凝视着这光束，前男友的脸庞又在心中浮现出来。可……可这是人家提的分手，我即便心里舍不得，又能怎么样呢？夏雯的心碎和无奈盘绕着，最终一切都回归于宁谧之中。有那么好一会儿，至于昨晚在电梯口她遭遇了什么，在夏雯头脑中已经模糊了。

直到一阵听起来很礼貌的敲门声响起。

"来啦！"夏雯以为是送外卖的。

门开了。

"请问您是？……"夏雯愣住了。

"你好，我是靖江支队的专案组成员。有些情况想向你了解一下。"

眼前这个男人，实在长得太迷人了。神采飞扬的眼睛，高挺的鼻梁，棱角分明的嘴唇。比夏雯的前男友长得更高大、更英俊，唯一瑕不掩瑜的，是他下巴左侧并排长着两颗红色的痣。

"哦……警察同志，快请进。"夏雯差一点没缓过神了。

"不用了，就问几句话。"

"哦……那好。"夏雯努力不让自己的脸泛起红晕。

"请问你最近几天,有没有注意到楼道或大楼附近有形迹可疑的人?"

"这个……"

这一刻,夏雯才突然回想起昨晚在电梯口看见的那一幕,但她又怀疑自己是不是酒喝多了,神经过敏了,本着多一事不如少一事的想法,她摇了摇头,"好像没有……"

"你确定?尤其是傍晚以后。前天或者昨天……你再好好想想。"

"确实……想不起来……怎么啦?发生什么事了吗?"夏雯的双眼直视着警员的脸,目光中竟充满了爱慕之情。

"是。你隔壁那户人家……一对夫妻遇害了。具体情况,我们警方正在调查中。所以你要是看到或听到过任何可疑动静,请务必告知我们。"

谋杀……夏雯一边被案情吓得不轻,一边又沉迷在自己编织的白日梦里难以自拔。她本来想告诉这位警员昨天晚上她在电梯口的遭遇,因为这样就可以和他多聊一会儿,不过最终还是决定等晚些时候再告诉他,对……打电话到他办公室……说想起了重要线索……把他约出来……一起吃个便饭……

"真不好意思,确实想不起来……"夏雯貌似歉意地说。

"行,那打扰了。"

"不客气的……应该的。"

夏雯关上门,恋爱中女子的娇羞笑容浮现在她脸上。竟有这样神奇的初遇,真的是上帝关上了一扇门,又为我打开了一扇窗吗?

她冲到镜子前照了照,不行,脸色不好,下午得睡一觉,吃晚饭的时候才有精神。

夏雯想着,立刻躺倒。但由于心中的小激动一直在作祟,辗转反侧了两三个小时都没能入睡。算了,她索性起床,又跑到镜子前照了照,不行,长发乱七八糟,发根都翘起来了,我得下楼去理发店洗个头,再吹个长卷的发型,这样才显得更有女人味嘛。

夏雯匆匆坐电梯下了楼,楼下好热闹啊,七八个排练广场舞的大妈正围在一起看墙上新贴的告示,大概又是先付物业费的住户可以免费领一袋大米之类的吧,夏雯一边捏着手机看了一眼时间,一边绕开成群的大妈,径自往理发店走去。

一楼的电梯旁，那群大妈似乎正在热烈地议论着什么，不一会儿，一位穿红衣服的大妈对着墙上的告示小声朗读起来：

"刘辉，男，1985年出生，身高一米八五，汉族。2019年9月30日晚，涉嫌入室抢劫谋杀案，经调查，有重大作案嫌疑。为将犯罪嫌疑人及时抓捕归案，消除社会隐患，现向社会公开通缉……"

"才三十多岁，年纪还小着呢，怎么做出这种事情来，爹妈知道了要哭死了……"旁边穿黄衣服的大妈感慨地摇摇头。

"你们看看，这张照片，真的是相貌堂堂哦，要是我女婿有这种长相，我女儿要开心死了。你们看他下巴上呀，两颗福痣哦，红色的痣都是福痣呀，很少见的啊，他有两颗哦，不得了哦……"另一旁穿花衣服的大妈也跟着唏嘘起来。

一 支 钢 笔

原本，我们一家三口过着平静而安定的生活，但自从爸爸因盗窃获罪入狱后，好像身边的一切突然都改变了。周围原本善意相处的邻居们见到我和妈妈，都躲避得远远的，隐隐侧目，背地里还说，贼生生一窝，意思是我将来也逃不过当个贼。

妈妈为此常常伤心流泪，她结婚后一直就没有工作，爸爸承担着唯一的经济来源，如今爸爸的收入没了，家里又因为他一直烟酒不断开销过大而少有积蓄，妈妈只好外出打工维持我和她两人眼下的生活，她默默发誓，她的孩子，将来一定会出人头地，让那些说贼生生一窝的人无处遁行。

在街道管理处人事安排的帮助下，妈妈应聘了街对面文具店售货员的职位。文具店老板是个极其和蔼的老人，一头白发，说话很慢很温柔。他了解我们家里的情况，但从来没有像邻居那样看待我们，反而对爸爸的事绝口不提，对我和妈妈也十分关照。他看我年纪小，便让我放学后在文具店里的书桌上写作业，等妈妈下班后一起回家。

就这样，妈妈总算是找到了一份工作，虽然收入微薄，但是我们吃饭穿衣的基本支出总算有了保障，妈妈很珍惜这份来之不易，对进店买东西的人们都格外热情周到，经常有家长带着小朋友来买铅笔、练习本什么的，小朋友若是说口渴了，妈妈还会笑吟吟地端来一杯温水。

我和妈妈的生活就这样平静地一天天度过。有一天放学，我照例来到文具店做作业。刚坐下，就看到货架上新到的货，都是各种昂贵的进口文具。话说教师节马上就要到了，其他同学都在为班主任准备节日礼物，我知道妈妈手里没有太多余钱，就没和她提。

我和往常一样坐下来打开书包拿作业本，可不知道为什么，我感觉自己的眼睛正直勾勾地盯着货架上那支红色的钢笔。那是下午五点多，妈妈给订了一整箱文件夹的房产公司送货去了，文具店的老板在柜台边翻看着一本小说，周围有零星的两个客人在比较几种打印纸的尺寸，一切看似那么安静，那么……顺理成章。

我放轻脚步，悄声走到货架前，拿起一支红色进口钢笔，又轻手轻脚回到书包旁，拉开书包拉链，刚想把钢笔放进去，突然，衣服的后领子被什么人轻轻提起来——

这样做可不太好哦，小家伙……

是文具店老板。他的声音依然这么温和。

突然间我感到无地自容，邻居们咒语般的话如芒刺背，想到不久前妈妈那伴着泪水的誓言，我对自己的行为感到鄙视甚至恶心，我把钢笔往书桌上一放，抓起书包就朝家的方向飞奔。

我拼命地跑啊，跑啊，回到家里，我把自己反锁进卧室，头脑中全是各种纷乱的涌现。

难道，我的基因里真的流淌着贼的血液吗？

为什么会突然伸手去拿不该拿的东西？

可是，这是给老师的礼物啊，并不是给自己的，这也有错吗？

妈妈送完货回去，文具店老板一定会向她告状，妈妈该多么颜面丧尽，她该对我有多大的失望？

我的身体死死抵在窗框上，窗户开着，窗外的天色已经暗下来了，凉风吹在我的面颊上，很轻柔，一如曾经文具店老板的说话声,又如妈妈浅浅笑意的气息,甚至像小时候爸爸用胡子揉擦我额头的痒痒……是啊……爸爸……我有多久没有想念你了……还是……我根本就不敢想起你……

我摆出跳水运动员一样的姿势……我的身体变得很轻,轻地像一支羽毛,就这样摇啊……摇啊……飘飞在洁净的空气中,越过卧室的窗框……然后是下一层楼的窗框……慢慢地,往下坠……

妈妈一边用钥匙打开家门,一边说着什么……她的声音渐渐模糊了……她在说什么?

你怎么自己先回来啦?你是不是买了一支钢笔,付了钱但忘了拿东西啊?文具店老板叫我帮你拿回来了……

冬　夜

寒冷的冬天，傍晚下班后就径直开车回了家，打开房门，还好早上出门前没关暖气，此刻一阵惬意迎面扑来，我脱去羽绒外套，换上柔软的绒布拖鞋，坐在床边刷着手机，打算选一份可口的外卖。

我选了一份美式简餐，然后顺势躺倒在床上，温暖的空气让我感到有些昏昏欲睡。可是没过多久，隔壁那对小夫妻的吵架声打破了沉寂。我们这栋楼的隔音效果很差，隔壁邻居的锅碗瓢盆声都能听得到，更别说大声的争吵了。

每天隔着一堵墙，听见他们这样持续不断的谩骂、摔东西、甚至打架，我心里很难过。大家都是邻居，我和他们也是抬头不见低头见。这个女孩名叫小林，很年轻，好像刚从学校毕业就结婚了。我经常在楼道里遇见她，她喜欢穿紫红色的长裙，褐色的长发披在瘦弱的肩膀上，皮肤很白，但脸上和手臂上总是布满淤青。她见到我时，总是有些害羞地朝我笑笑，用普通话低声喊我：大哥……

我是个单身汉，也不好意思直接问她，你脸上怎么啦，但心里是疼惜的，这么一个腼腼腆腆的好姑娘，被糟蹋成这样，换了谁不心疼啊。再一看他老公的样子，就不是什么好东西，眼梢吊起，颧骨外扬，皮肤黝黑，妥妥的家暴男。

本来每天吃晚饭的时候，他们都要闹腾一阵子，闹完以后，倒也渐渐平静下来了。今天不知怎么回事，两人吵得越来越凶，瓷器碗盘被大力摔碎的声音刺耳极了，还有钝重的、人的身体被痛击、头撞在墙壁上的声音。我听到小林发出歇斯底里的叫喊，像是在求救，我突然间惊觉，事态不妙了。

要不要打110？

要是警察来了，那男的只说是寻常小夫妻吵架怎么办？

他要是知道是我报的警，以后会故意为难我吗？

我一边奋力地纠结着，一边听着小林的呜咽声断断续续从隔壁传来，最终渐渐地，回归平静。

很长一段时间的，寂静无声。连说话声、脚步声都听不见。这是隔音如此糟糕的情况下绝对不可能发生的。

我的心中突然充满了某种恐惧……小林，小林她怎么了？那个男人到底把她怎么样了？！她刚才的叫喊声再次回荡在我脑海里，而正当我为自己的犹疑和怯懦感到无地自容的时候，隔壁房间里再一次传出了声响。

那是一种很陌生的、物体在地板上被拖拽的声音，断断续续，好像拖得很不顺手的样子，过了一会儿，是轻轻的金属摩擦声，有些模糊……

顿时，浑身冰冷，我像是很确切地意识到了什么。

悲伤、绝望，充斥着我的心——作为男性的保护欲望和我那尚未蒙昧的良心。

我愣愣地坐在窗边的木头椅子上，窗帘没有拉拢，漫天的雪花纷纷扬扬落在死寂一般的马路上，我看到小林家的深蓝色奥迪车停靠在马路对面，过了没一会儿，只见一个瘦弱的身影穿过马路向奥迪车走去，路灯下，她长发及肩，纤细的右手拖着一只和自己身型完全不相称的超大型拉杆箱，炫银的金属色反射着灯光，一阵寒风吹过，她的大衣滑落至腰际，后背上露出一抹美丽的紫红……

红 白 月 季

"姐，好奇怪哦……"

姚锐嘴里嚼着饭菜，边向窗外瞥了一眼，边把一块鱼肉丢给脚边的小黄猫咪咪。

"什么好奇怪？"

姚婷夹起一筷子炒西芹放到碗里，不解地问。

"这家人家阳台上的月季花，一开始是一盆红的，隔了几天换成白的，再隔几天又换回成红的，你说是不是很奇怪？"

姚锐看着姐姐，眼里充满了世事洞明的严肃神情，"会不会是想要暗示什么啊？"

"暗示什么啊？"

"就比如像……外遇……之类的事。"

姚婷顺着弟弟的视线望向窗外，对面独栋别墅的二楼阳台上，一盆白色月季迎风轻舞着枝叶。她漫不经心地回过头来继续吃着碗里的饭，好像完全没有在意似的。

姚锐见状有点急了,"我注意他们很久了,这家人家住着夫妻两个人,妻子是个全职太太,长得很漂亮、很甜美、很和善的那种,丈夫看上去彬彬有礼,但实际上,听邻居们说,他是个除了写小说之外其他事情一概不会也一概不过问的那种人,所有家务都是他妻子一个人在打理。"

"你怎么对这家人家那么了解?"姚婷问。

"我敢不多了解些吗?姐夫和那个女的这么熟……"

"你姐夫?你姐夫和她认识?"

"当然啦,上次咪咪走丢,其实是跑到他们家去了啦,后来那个女的打了咪咪项圈上留的手机号码,不就是姐夫的吗?"

"哦这样啊,怎么从来没听你姐夫说起过,我一直以为咪咪是在外面玩了一圈后肚子饿了才自己找回来的。"

"看到吧?姐夫一个字都没和你提,说明什么?哼……"

"喂,你到底想说什么啊?"姚婷咽下一勺汤,看了姚锐一眼。

"姐夫大部分时间都是居家工作的,你白天在出版社坐班又看不到,幸亏我替你多长了一双眼睛哦……"

"什么意思嘛?"

"我是想告诉你,自从他们俩认识后,肯定互相加了微信,白天你不在的时候,我经常看到姐夫捧着手机疯狂打字,还不时微微一笑的样子,再后来,他就经常跟我说要回公司开会,叫我一个人好好看家,接着就出门了。在咪咪走丢之前,姐夫一个月最多去公司一两天,其余时间都在家里敲代码,哪里像现在这样隔三差五的就去开会……"

"你是说他们家月季花的颜色……"

"我就怀疑是这女的发出的暗号!"

姚锐打断姐姐,抢先说道,"比如说,放一盆白色的月季,就代表我丈夫在家,你不能来;反之就代表我丈夫出门了,你过来吧……"

"绕了这么大一个弯子,原来是怀疑你姐夫出轨了?"姚婷扑哧一声笑了出来。

"反正我觉得是,你别不相信!"

"好啦,你啊,侦探小说看多啦,有这点时间,不如出去好好找份正经工作,你看看你现在,还不是你姐夫在养着你？还说人家坏话……"

"总之我可是为你好！别这么小瞧我的侦察分析能力……"

姚锐见姐姐不仅不相信他的忠告，还调侃起自己来，心里气鼓鼓的。

两个月后的一天下午，那户人家的妻子意外身亡了，至此以后，阳台上的月季花，每天都洋溢着夺目的红色。警察问询她丈夫时，他是这么叙述的——那天他正在房间里写作，妻子突然闯进来，直言自己已经出轨长达两年之久，并提出与他离婚。丈夫非常震惊，当场拒绝了她的要求，两人发生了剧烈的争吵，妻子一气之下跑出房间，他也跟了出去，妻子哭着转身推搡他，可能是用力过猛导致身体失去了平衡，她滚落下楼梯，不幸酿成了事故。

警察对妻子微信通讯录里的每个人都一一走访了解情况，其中根本没有姚婷的丈夫。而与此同时，姚婷的丈夫喜上眉梢地在晚饭席间宣布了自己升职的好消息，他说部门前不久新换了领导，这位领导对他的技术能力十分赏识，很长时间来一直在和他单独进行深入沟通，升职的事情，是今天才正式宣布的。

姚锐这下有点懵,人家妻子或许确实有了外遇,但却和姐夫无关。不过,至少对月季花色变换的分析是正确的,所以,也算具备一定的分析能力,他自我安慰地想。

姚婷的丈夫升职以后,便很少居家工作了。姚婷也向他坦白了因为出版社裁员,实际自己已经离开单位很久了,因为不想让丈夫小觑,也不想让弟弟戏谑,一直瞒着他们在便利店打零工,工作一天休息一天,休息的日子就去图书馆借阅小说来读,毕竟当年入职出版社,也是为了能第一时间读到更多的好书,阅读一直以来都被她视为人生最大的享受。

姚婷始终忘不了第一次在图书馆里见到他时的情形。他坐在她对面,查阅着一本旧版的古典戏剧著作。他专注的样子和儒雅的气质让她着迷。

而后,他们经常在一起探讨俄罗斯文学,分享自己对某本书里某个篇章的理解,她读过他写的每一本书,她告诉他,关于对生命的痛苦与怅然的描绘,你的笔力不下于陀思妥耶夫斯基,他曾为这些赞扬与肯定激动不已,紧紧抱着她,说着相见恨晚,相见未晚……

他说他妻子是个十指不沾书本,只会埋头做家务的工具人。他向她许诺,明天就向妻子提出离婚……姚婷或许很难忘记那个让她充满期待又忐忑不安的"明天",那一天下午,警车就停在自家对面,随后救护车也跟着驶入,他的阳台上,摆了一盆白色的月季花。他说,是妻子承认出轨,向他提出离婚;

他说,是他在震惊之余,严辞拒绝了妻子的要求;

他说,是妻子推搡他时,自己的身体失去了平衡……

姚婷今天休息在家,终于,每天假装去上班的日子结束了。丈夫一大早就出了门,在他的新职位上努力拼搏着,弟弟还赖在床上睡大觉,咪咪的猫粮也快吃完了,姚婷打算这就开车去超市买,隔着车窗,她抬头望去,二楼阳台上红色的月季花依然迎风招展,她想起弟弟的侦察与分析结论,忍不住轻轻笑了起来,然后表情变得沉默,踩下油门,安静地、远远地驶离了。

跨 年 了

就要跨年了，老人院门口张灯结彩。奶奶突然昏迷，被那里的护工送进了医院。心梗加脑梗，医生说，大概率醒不过来了，家属要有个思想准备。

猫咪今天打了一针狂犬疫苗，总算，以后被它咬出血来也不会有大碍了。接下来安排日期做绝育手术，我指定了宠物医院最好的医生，终于放下心来。

男朋友的妈妈给他打了通电话，说他爸爸肾脏衰竭，情况不大好，问我们婚礼能不能抓紧先办了，好让他爸爸看到，让他宽心。

我去看望奶奶，我以为她不会醒的，就下意识叫了她几声，结果她的眼珠在眼皮底下飞快地转动起来，我几乎确信，只要再这么连续叫她几声，她是会睁开眼睛看我的。我的嘴唇颤抖了一下，停止了呼喊。我怕她睁眼看我，我怕在我们对望的时候，我意识到这是我们此生最后一次眼神的交汇，我怕我会疯掉。

我们开始着手筹备婚礼。统计来宾人数后逐一发送请柬、预订酒店、试穿拖尾婚纱发现尺寸太小要修改、包装喜糖、租用婚庆公司里的婚车，和他们讨价还价，选化妆师、司仪、捧花，赶拍了两套婚纱照，婚礼当天打算摆在婚房的桌上。

术前检查结果出来了，网织红细胞偏高，但说是并无大碍。紧接着签了住院协议、麻醉协议、手术同意书。手术进行了一个小时，很顺利，子宫和卵巢都切除了。猫咪被推出来的时候，麻醉还没醒，医生很温柔。

妈妈的胆囊炎犯了，上吐下泻，高烧不退，疫情期间，发热门诊只允许一位家属陪护，爸爸陪她进去了，我就只能在普通门诊大厅等。

凌晨三点，陪妈妈挂完水回到家里，我洗了个热水澡。洗完后在微信上一一回复祝愿我新婚快乐的留言，以及宠物医院护士告诉我猫咪不进食、不进水，问我是否要喂流食的留言。

我和护士说，请帮我喂它最好的流食。然后便扔下手机沉沉睡去。

第二天醒来，我在头脑里演练了一遍婚礼的大致过程。男朋友体贴地问我，婚礼当天要站一整天呢，你吃得消吗？我体贴地问他，你爸爸身体好点没有？男朋友说，我爸这两天精神好了许多。我轻轻一笑。

我把猫咪提前接回了家，它到了自己的地盘，吃喝拉撒一切立马恢复正常，我给它新买了鸡胸肉和鳕鱼罐头，它大口大口嚼着。

妈妈的高烧退下去了，她说还好还好，还好不是在你的婚礼当天。傍晚，医院来电话，奶奶去世了。丧葬公司一条龙服务跟在我们后头报价。距离我的婚礼还有六天，是先办葬礼还是先办婚礼，坐在医院大厅里的一角，我和爸爸正商量着。悬挂着的大屏幕电视机里在转播广场上的跨年庆祝。"十，九，八，七，六，五，四，三，二，一！——新年快乐！"大家欢呼起来。

全友便利店

"全友便利店"坐落在十字路拐口处不起眼的一角，因为开了很多年也没有重新装修过，所以看上去有些老旧。灰漆漆的墙壁，日光灯由于接触不良，偶尔会忽明忽暗地闪烁几下，斑驳的天花板上按了一面圆形的凸面镜，原本纯白色的收银机已经泛出点点黄渍。

快到晚上十点了，便利店要关门了。李飞脱下墨绿色的工作围裙，正准备关灯下班，一位顾客推开了便利店的玻璃门。那是一位高个子男人，小麦色的皮肤，穿着黑色的T恤和蓝色的牛仔长裤，他走到文具类的货架旁，似乎在寻找着什么。

"先生，不好意思我们店要打烊了。"李飞礼貌地喊了一句，可那个男人好像没听见。李飞不得已只好走到他身旁，又重复了一遍刚才的话。只见那个男人拆掉货架上一把中号美工刀的包装，推出刀刃，以最快的速度抵住了李飞的脖子。

"去……去把保险柜打开!"

李飞这才反应过来究竟发生了什么。

"那个……像我这样的小店员,哪里会知道保险柜的密码啊,显然只有店长才有权知道啊……"

"那你们店长人呢?!"

"店长下班了啊,你也不看看现在几点了……要不……你明天白天再来吧,他白天在店里的。"李飞一边回答,一边感受着脖子上冰冷、锋利的触觉。

"那……你去把收银机打开!快!"

李飞被男人用力拽向收银台,他只好被迫动手操作起来,只听"叮"地一声,收银机打开了,男人凑近一看,里面除了两张小额纸币和几个银币外,什么都没有。

"钱呢?怎么只有这点钱?!"男人的话语中既带着凶狠,又透着失望,刀刃紧紧抵在李飞的喉结上,稍一用力就会刺破皮肤。

"这家店就是这样啊,设施旧,生意也很差,怎么能和现在新开的连锁便利店相比呢。"李飞说着,语调里带着落寞与无奈,而出乎他意料的是,那把抵在他脖子上的刀,突然间松了下来。

男人把美工刀扔在地上,慢慢蹲下身子,把头埋在两条手臂当中，不一会儿，安静的便利店里，传出他低沉的抽泣声。

"怎么这么倒霉……就连做这样的事，居然都会选错地方……像我这样的人，还能干什么……不如死了算了……"

李飞蹲下身子，轻轻地拍着男人的肩膀："货架上的食品……你要是想拿，就拿一些回去吧……"

"你们盘货的时候，数量不对也不要紧吗？"男人抬起脸，红肿的眼睛里还含着晶莹的泪水。

"唉……我们这里进货记录都随便写写的……反正这破店也快要关门大吉，谁还管这些啊。"

李飞递给他一个特大号的塑料袋，男人往里面装了好些果酱面包、华夫饼干、进口薯片、巧克力……他离开的时候，捡起地上的美工刀，收起刀刃，工工整整地放在收银台上。

李飞望着男人远去的背影，不禁长叹一口气。他打开手电筒，穿过货物贮藏区，来到店长办公室。黑鸦鸦的办公桌前，手脚被五花大绑、嘴也被毛巾堵住的店长看到手电筒的光亮，发出窸窸窣窣的挣扎声，办公桌对面，空空荡荡的保险箱半掩着门。

"对不住啊店长,坚持一下嘛,等天亮后,你的店员都来上班了,你就会马上得救的,放心吧。"

李飞提着手电筒原路返回,从收银台下取出自己的大背包,打开拉链,一沓沓红色百元纸钞安稳地竖立在里面,内侧还塞了一个塑料袋,里面混合着百元、五十、二十和十元的零钞。李飞确认一切妥当后,挎上背包,关掉日光灯,拉拢便利店的卷帘门,迈着快步,不一会儿就走远了。

玩　伴

林翰清早年出生在一个富裕的大家庭里，上几辈人在资产上的积累足以使得他能够尽情卖弄学者的清高而不用担心此生的衣食用度、经济支出问题。在社科院混到一定的年纪，发表了专著，也有了名望，便借口常年心脏不好，提前退下来了。

远离闹市，选择近郊边缘的独栋别墅来居住确实很符合他喜静、刻板、对社交避之不及的性情。这些年来，除了家里的老管家刘妈和一起过来帮佣的刘妈女儿，只有高中时期的同桌江海峰经常出入这里，他也是林翰清唯一可以谈天说地的好友。

江海峰是亚洲儿童精神科医师联盟主席，对儿童心理学及相关精神问题研究颇深，所以当林翰清决定收养年仅四岁的林薇时，也特意找过他商量，可江海峰能说什么呢？他知道自己这个老朋友的性格有多么古怪，就知道他内心其实有多么孤独，有多么渴望陪伴。

在民政局直属的领养机构，林翰清对庞杂的领养手续不厌其烦，林薇这个名字是他后来给小姑娘起的，因为一直对现代教育心存不满，他还特意为林薇聘请了启蒙阶段的家庭教师，此外还雇佣了一名新的女佣，专门负责小姑娘的饮食起居。

就这样，林薇和自己的养父共同生活了三年多，她没有被送去幼儿园，而是由家庭教师单独教授她识字、画画、英语和趣味历史等课程。林薇很乖，相比同龄人，她从不顽皮，也从不哭闹，面对沉默的养父，她表现得尊敬多过于爱。林翰清会在吃晚饭时，过问她的功课，他问什么，林薇就答什么，好像先前预演好的一般。不过让林翰清很欣慰的是，林薇很喜欢阅读。在不用上课的时候，林薇总是坐在书房里的地毯上，津津有味地读着专门为她订购的少儿绘本作品，这份对宁静时光乐于享受的喜好和林翰清很像，眼前这样平顺的生活，也正是他渴望的。但是后来有一天，发生了奇怪的事。

原本林薇在书房阅读时，总是一个人安安静静的，但那个下午，书房里传来她很欢快的叫嚷声和跑动声，管家刘妈和两个女佣在门外听着都觉得很惊讶，却又不好开门进去打扰她。结果第二天、第三天、第四天，都是如此。第五天下午,林翰清路过书房外的走廊,在门外站着听了好久,终于忍不住推门而入。

"小薇,你在和谁说话?"

"和……她们。"林薇的额头上都汗湿了。

"她们?她们是谁?"

"她们是我的好朋友,就是……张晴晴、杨莉莉、孙小梅,还有……许贝贝……"林薇的双眼充满欢欣地仰头答道。

然而,空荡荡的书房里,除了他们俩,显然再也没有第三个人。

"可是你看,这里,我们的书房里,并没有其他小朋友啊?"

"有的,我们刚才还在做游戏,你一跑进来,她们都逃跑啦,她们很害羞……"

林翰清对林薇的回答不知该怎么应对,他开始担心起孩子的心理可能出了问题,类似妄想症什么的,他当即给江海峰打了电话,江海峰在当天傍晚过来和他们一起吃了晚饭,在饭桌上,他问了林薇一些问题,比如:这些好朋友是什么时候开始来书房和你一起玩的?林薇说来了好几天了。再比如:她们是从哪里跑出来的?游戏结束后她们又是从哪里离开的？林薇说，从墙壁上。

江海峰告诉林翰清，孩子只有在非常孤独的际遇下才会虚构自己的小伙伴。"你应该让她去上幼儿园，让她有自己的朋友，而不是为了能让你自己有个伴，把一个小姑娘强行留在身边。"江海峰戏谑道，"你如果要找个伴，就应该去谈场恋爱，你看你现在，像个变态……"

"我可不像你，读本科的时候爱上系花，当博导的时候又爱上自己的学生，而且还不止一个……"林翰清也调侃地反驳道。也只有在江海峰面前，他的言谈才能如此放松而随意，江海峰那张英俊的脸，不是港台明星般的英俊，而是一种学者气质的英俊，左侧脸颊上留有浅浅的黑痣印记，像一枚浅尝即止的吻痕，那种举手投足间莫名的风流，是林翰清无论如何也不可能具备的。这也是为什么江海峰的生活永远都是热闹的，而他的生活，是那么清冷。转眼林薇快八岁了，到了上小学的年纪，林翰清忘不了那天他冲进书房问她话时，她回答的时候，眼睛里充满了欢乐，而不像以前，她只是……充满了恭敬。

在江海峰的极力劝说下，林翰清放弃了请家庭教师教授林薇小学课程的想法，他们为她选了一所著名的寄宿小学，希望她通过自理互助而拥有一个健康的生活氛围。林薇离家以后,偌大的房子里又恢复了那种极致的清净。林翰清变得越来越喜欢呆在林薇以前阅读的书房里,这也是林薇和小伙伴们欢快地做游戏的地方,他反复凝视着几面鹅黄色的墙壁,想知道她的小伙伴们究竟是从哪面墙里出来的。他又打电话给江海峰,问:"你确定那些小朋友只是她头脑中虚构出来的人物?"

"哦不不不,完全有可能是你家闹鬼了,她们都是小鬼魂,哈哈哈哈……"江海峰大笑着说道,然后还告诉他,自己将作为访问学者去加州大学一年,明天上午启程,"别忘了,谈场恋爱,找个伴……"他最后关照道。

就这样,林翰清家唯一的客人,也不来了。冬季的近郊,天寒地冻,夜晚,刘妈和女佣们早早睡了。林翰清在开足地暖的室内没有目的地走来走去,心却冷得像一块冻僵的石头。他走进林薇的书房里,轻轻蹲下身子坐在地上,良久,悄悄地说道:"张晴晴……杨莉莉……孙小梅……许贝贝……我们……我们来做游戏吧……"

黑暗中,他感到有一只小手轻轻握住了他的臂膀,然后……又有一只小手开始轻抚他的脸颊,林翰清的眼角流下了孤寂而欣喜的泪水,然而他执意把眼睛紧紧闭住,紧紧闭住……

老乞丐与小乞丐

一场大雪刚过，马路上地面湿滑。行人们纷纷放慢了步子，小心翼翼地迈动着双脚前行。小乞丐也混在人群当中走着，饥肠辘辘的他来到沿街一家肉骨头菜饭店门前，可能是由于他经常来的缘故，店老板见了他，麻溜地从后厨拎出一个大塑料袋，里面装了大半袋菜饭，估计都是客人吃剩下的。小乞丐赶忙伸手接过，刚想说句什么，店老板手背向外朝他挥挥，意思是赶紧走吧，站这儿耽误我做生意。

小乞丐提着袋子走啊走，看见路拐角有个大垃圾桶，就停下来翻找一气，挖出一个农夫山泉瓶子，里面还有小半瓶水，还有一个三得利乌龙茶瓶子，沉甸甸几乎是满瓶的。他笑逐颜开地把两个瓶子放进塑料袋里，马路对面是个公共厕所，和旁边一栋大楼之间形成一条狭窄的夹缝，这夹缝便是小乞丐平日里的藏身之处。

可是今天奇了怪了，夹缝里好像还有个人……

小乞丐猫着腰，悄悄往里走，夹缝里瑟缩着个上了点年纪的男人，像个老乞丐似的，他正在打盹，两颊黑灰，裹着一件棕色的旧棉衣，好像很冷的样子。小乞丐看着他略微发颤的双唇上皲裂的血迹，他拉开手中的塑料袋，往里面拿出一瓶乌龙茶，拧开盖子，扶住那人的下巴，一点一点往他嘴里倒。

那男人把乌龙茶咕咚咕咚往喉咙里咽，慢慢地，两眼睁开了，他伸手抹了一下糊住眼皮的眼屎，歪着头，感激又疑虑地看着小乞丐，小乞丐朝他歪嘴一笑。

两人就这样并肩坐着，塑料袋摆在地上，他们用手抄起菜饭往嘴里送，时不时喝一口农夫山泉或者乌龙茶，菜饭还留存着些许微热，他们狼吞虎咽，吃得津津有味。

夜幕渐渐降临，昏黄的路灯光落在依然潮湿的水泥地面上，小乞丐和老乞丐伸直了双腿半躺着，向彼此诉说着家乡的人，童年的事。大白天的时候，小乞丐跟在老乞丐后面，提着捡到塑料瓶、纸板箱、泡沫塑料块，卖掉后的钱，能在小吃铺买几块热乎的千层饼吃。老乞丐还告诉他，哪里的蛋糕店有卖临期的奶油蛋糕，搞得他心里馋得痒痒。

日子一天天过去了，有依傍的生活，仿佛再艰难也显得容易对付了。

有一天傍晚，老乞丐和小乞丐刚刚卖掉捡来的塑料瓶子，正穿过一排居民楼朝公共厕所方向走，楼上传来吵架声，听起来像是一对年轻夫妻，紧接着争吵越来越凶狠，突然，先是两个苹果、再是一个茶缸、最后是一个白色布袋子从天而降，差点砸到老乞丐和小乞丐。他们吓了一跳后，又本能地凑上去看看，这下，两人愣住了——白布袋子微敞着，里面露出成沓成沓的粉红色百元大钞。

奔跑……

拼命地奔跑……

小乞丐双手护住白布袋子，老乞丐紧随其后。两人躬身窜进了他们的窝里。

挺大一个白布袋子，也不知道里面有多少钱。两人兴奋地脸都红了，决定先去买瓶黄酒和几个凉菜庆祝一番。他们各自从布袋子里抽出一张百元，把剩下的包扎好藏在公共厕所最靠里面的一个水箱底下，然后一个买酒，一个买菜，分头出发了。

不一会儿，小乞丐提着凉菜的外卖袋子，晃晃悠悠地过了马路朝公共厕所方向走,他走进一片偌大的树荫,忽然,后脑勺挨了狠狠一记闷棍,小乞丐恍惚了一秒钟,便没了知觉。

从树荫里走出来的,是提着酒和凉菜的老乞丐,他慌慌忙忙朝公共厕所走去,一个凉菜侧着打翻了,香菜叶子洒了一路。

第二天,警察从昏迷的老乞丐身边追回了一对年轻夫妻挂失的购房款,老乞丐被送进医院,却因为误食了剧毒,最终没能被救回来。天空中又开始下起了雪,肉骨头菜饭店的老板在忙碌之余,把头伸出店门口,左右望了几眼。

"旧闻拾穗"之"备用钥匙"

做小偷,王大明是称职的。两年多来,从没失过手。主要原因呢,可能是他偷东西的方式和其他小偷不太一样,他从不做什么溜进住宅区爬人家窗户、撬人家大门这类事情,他是个酒店盗窃专业户。

经过精心装扮的王大明,是高级酒店的常客。他身材匀称,长得也很斯文,头发理得清清爽爽,走起路来步调不疾不徐,无名指上还戴了个抛光的银戒指,看上去有模有样,和"小偷"两个字完全沾不上边。他通常先开个房间,拿到钥匙后,进房间呆上一会儿,之后就走出酒店溜达去了。

穿过两条热闹的市街,朝右拐弯,弄堂口有家配钥匙的铺子,开铺子的老头是个懂规矩的人,他只管收钱做生意,其他事情一律不闻不问。王大明揣着酒店房间的钥匙,不一会儿就溜达到他这儿来了。

每次都是来配一把备用钥匙,王大明把原配钥匙交给老头，付了钱，随便上哪儿逛一逛，半个小时不到，两把一模一样钥匙就装进王大明的西服口袋里了。

第二天退房时，王大明把原配的那把钥匙还给了酒店服务员，等过上两三个礼拜，他再度回到原先这家酒店，只要把准了客人的外出时段，用那把备用钥匙，很轻易地就能打开原先住过的那个房间。就这么简简单单的，客人摆在房间里的什么现金啊、贵重礼品啊、甚至翻找到一些稀罕的小物件，就统统都归进王大明的口袋里了。拿完东西，房门一关，他大模大样走出去，真是神不知鬼不觉。

这样的事情出得多了以后，客人们纷纷投诉酒店，抱怨自己丢了东西，但每次都因为房间门窗完好无损，无法被警察局立为偷盗案。再者，作为酒店老板嘛，当然知道这个服务行业的客人，水深得很，来这里开房的，干什么的人都有，种种隐秘，都是他们不宜推敲的，所以坚持不愿安装监视设备，怕断了客源，断了财路。如此一来，就便宜了王大明，三番五次的，得来全不费功夫。

今天在"四季之星"大酒店的行动，也是按惯例早有准备的，306房间，在三楼的走廊尽头，上个礼拜刚进去住过。

掐算好时间,王大明开门入室,房间里果然空无一人。他打开放在桌上的一个手提式旅行包,里面有护照、驾驶执照、钢笔、支票簿、一盒白色药片、一个长款钱夹,不过里面也没装多少现钞,还有一个牛皮纸信封,封口是撕开着的,上面墨蓝色娟秀的字体,写着"李文安先生亲启",王大明顺手抽出里面的一页信纸,草草一读之下,惊呆了。这显然是一位女子写给一位男士的威胁信啊,信里言简意赅地表明了,如果不愿意离婚改娶她为妻,她便把他婚外恋的丑闻抖到他工作所在的银行去,让他升任副总裁的机会就此落空。

副总裁?这个房间的客人,快要成银行副总裁了?那他身边肯定还带着什么值钱的玩样儿吧,放哪儿了呢……

王大明看看包里面也没啥东西了,他不死心,便走到壁柜前,想看看柜子里面藏了些什么。没想到刚打开半扇门,就吓得差一点尖叫起来——壁柜里躺着一个长头发女人,她脸色煞白,一动不动,显然已经是个死人了,胸口还堆了几圈不粗不细的黄麻绳。

王大明赶紧关上柜门,用手捂住自己的嘴巴,硬撑着没呕吐出来。他连着喘了几口大气，总算回过神来，想拿着那个长款钱夹就跑，刚拿起来，手在空中停了一会儿，又放下了，紧接着，他一反常态地把所有东西都按次序放回那个包里，原封不动地拉上拉链，确定房间里一切都恢复原样后，小心翼翼地关上门，蹑手蹑脚离开了。

这天晚上，他给酒店总机的服务员打去一个电话，请她转接306房间，电话很快接通了——

"喂，请问哪位？"接听电话的男人问道。

"哦，您好您好，我就是想请问一下，壁柜里的小姐睡醒了吗？需不需要通知服务员，把你们俩的宵夜送上去啊？"王大明带着恶作剧般的语气问道。

"对不起，你打错电话了。"对方刚准备挂断，王大明的声音就抢在了他前面。

"先生您不要不耐烦嘛，我可没别的意思，就是想和您确认一下用餐人数，是两位呢，还是只有一位啊？"

"你……你到底是什么人？"

"我是什么人？我是生意人啊……和您在银行的工作，应该也差不太多……"说着，王大明邪乎地笑了起来。

"这位先生,既然是生意人,不如我们见面谈,怎么样?306房间,两位的夜宵,多谢……"

"先生真是爽快人啊,那就如您所愿,我们见面谈。"

王大明敲了两下门,开门的是一位高个子绅士,双目有神,体格精壮的样子。

"阿哟,未来的银行副总裁先生,果然是英俊潇洒,气宇不凡啊……"王大明一边浪荡地说着话,一边往房间里走。

"那个……既然我们俩都是生意人,那就开门见山吧,这样,你说个数,我能满足你的,绝没二话。"

"好!要的就是这句话!我一个混社会的,对吧,只讲究个实际,对你的爱情故事,我可没啥兴趣。"王大明说着,伸出右手食指,比了个"一"字,"一百万,我只当这里没来过。"

副总裁先生二话没说,从包里掏出笔和支票簿,"这样吧,我给你一百五十万,你帮我个小忙,怎么样?"

"啥小忙,这么精贵?"

"你也知道,像我这种身份的人,毁尸灭迹的事,我没经验啊……你得帮我。"

"那好办啊，回头你弄个大旅行箱来，把她往里面一放，我保证麻溜帮你提到护城河边上，趁着黑灯瞎火的，拉出来往河里一扔，鬼才知道她顺着这么湍急的河水，会流到哪儿去嘞……"

"大哥，果然还是你有江湖经验啊，箱子不用买，我有现成的！"副总裁先生说着，拉开壁柜的另一扇门，从里面拎出个崭新的褐色旅行箱来，足有半人高，大小是绰绰有余了。

"那不就成了嘛，今晚就动手，三下五除二的事……"王大明看了一眼支票上的大写数字，心满意足地把它折整齐，放进了衣袋里。

"哦对了，咱们丑话可得说在前头，这可是一口价，到时候你可不能再朝我狮子大开口了啊。"

"那怎么可能呢，一口价，说好了的嘛。"

"那可难说……要不这样，你写张字条，上面写清楚，别的东西，再也不会管我要了，让我也好放个心嘛。"

"写就写，啰里啰嗦的……你说，怎么写吧。"

"你就写——'从今往后，我什么都不想再要了。'底下别忘了签上你的尊姓大名。"

王大明拿起纸笔,"刷刷"两下就写好了——"喏,给你。"

"行,那事情就都妥当了,来,咱们来喝一杯,庆祝一下。"副总裁先生从身后拿出两个盛满香槟的高脚酒杯。

"呀,你连酒都已经倒好了啊?"

"可不是嘛,老早准备好了。"

"你这酒里……该不会下了什么毒吧?"

"开什么玩笑,我弄一个尸体都头大成这样,难道还要我弄两个?!"

"嗯,这倒是真的……行,咱们把酒干了,恭喜副总裁先生顺利上位啊……"

"干了干了,也恭喜大哥您往后财源滚滚来啊……"

两人各自一仰头,喝尽了杯中酒。

"这次……真的要多谢大哥您了,为我背罪,我心里有愧啊……"

"哎……背罪谈不上,谈……谈……不上……"王大明感到脑袋里一阵阵恍惚,继而开始头晕目眩起来,再往后,就完全失去了知觉。

副总裁先生把王大明写的那张字条,塞进他的衣袋里，同时取出里面折叠整齐的那张支票，然后从自己的包里拿出那个牛皮纸信封，确认好那页信纸确确实实放进了信封里，他划了根火柴，把支票和信封都给点着，等到烧得差不多了，便扔进了马桶里。接着，又拖出行李箱，打开后，把那女人连同黄麻绳一起放了进去，仔仔细细检查一遍箱子是不是锁严实了，做完这一切后，他关上门，拖着箱子朝外走去。

过了大约半个小时，副总裁先生拖着行李箱回来了，他再度重复了一遍先前的步骤，把昏迷的王大明好不容易塞进了箱子。这位原本风度翩翩的副总裁先生，不知是因为疲累还是紧张，此时也露出了一副颇为狼狈的模样，只见他一边动手，一边嘴里念念地小声嘟哝着，大致意思好像是，这月黑风高的，我他妈连搬两个死人，算是他妈的怎么回事儿……

第二天一清早，便有路人去报告了警察局，说是在弄堂深处一间废弃的空屋里，发现一个男人吊死在了房梁上，旁边地上躺着一个女人，双手合十，两眼紧闭，也早没了气息。警察匆匆忙忙赶到现场，从男人的上衣口袋里发现了遗书，虽然只写了一句话，但足以看出，他对自己此后人生的绝望。女人的脖子上有深重的勒痕，从中可以初步断定，是男人先勒死了女人，让她平平静静安卧好以后，自己才上吊寻的死。

　　此外，警察还在男人裤兜里找到一把钥匙，目前暂时还不清楚钥匙的来源，他们打算等尸体处理完以后，到就近的钥匙铺问问，看看能不能从中找到什么新的线索。

云霄飞车

"啊呀呀江医生，可算是见着您了，心脏内科第一把手，明晃晃的三甲特色学科带头人，专家门诊一号难求啊。"李明一走进坐诊室，便紧紧握住江医生的手不放。

"客气客气，请坐下说吧。"江医生摆了摆手。

"好的好的。"李明在江医生对面的沙发上坐了下来，可屁股一碰到柔软的沙发坐垫，眼皮就突然间重得合上了打不开，脑子晕乎乎的，感觉就快要睡着了。李明赶紧左右左晃了晃脑袋，迫使自己把眼睛睁开。

"昨天晚上睡眠不好吗？"江医生问道。

"岂止是昨天晚上啊，前天晚上、大前天晚上，我已经三天三夜没合眼了呀……"

"这又是为什么呢？是心脏哪里不舒服么？"

"是，也不完全是，这个……解释起来有点儿复杂……"

"没事儿，你慢慢说，咱们有的是时间。"江医生安慰道。

"是这样的，我这个人呢，从小就心脏不好，虽然每次检查都查不出来什么问题，但我自己最清楚，像我这种一有什么风吹草动就直接紧张得脚底冒汗的情况，肯定是心脏有大毛病。所以我一直都很小心。"

"明白，不过这和你不睡觉有什么关系？"

"是这样的，五天前的晚上，我做了一个梦，梦见自己到了一个游乐场，那是个大晴天，游乐场里到处都是年轻夫妻带着自己的孩子在排队玩各种游戏项目。我正好奇自己怎么会来这种地方呢，突然就有一个十八九岁的女孩子朝我走过来，她长得实在太漂亮了，留着一头乌黑的长发，穿着红色的蕾丝连衣裙，明亮的大眼睛像太阳一样闪着光，她走过来问我，可不可以陪她一起坐云霄飞车……"

"后来呢？"

"后来我心想，我这个心脏，怎么可能去坐云霄飞车这种东西呢，肯定吃不消的呀，要丢掉老命的呀，于是我就迟疑着没回答，可她倒好，竟不管不顾拉起我的手就往那飞车的空位上坐了下来，我被她的举动搞懵了，等我清醒过来，只听到一声哨响，车子已经开始慢慢启动了。我吓得要命，我只记得我坐在那种粗糙的人造革海绵垫上，紧紧握住已经褪了蓝漆的铁扶手，后来车速越来越快，突然间我就醒了。"

"醒了不就没事了嘛，一场被美色所迷的梦而已。"

"我当时也是这么想的，所以并没有太在意。可糟糕的是，到了第二天晚上，这个梦，它竟然继续上演了！"

"哦？说来听听。"

"第二天晚上，我梦见自己坐在已经启动的云霄飞车上，向下冲刺的时候，身后的两个孩子发出既紧张又很兴奋的尖叫，我心里鼓励自己说，无论如何一定要挺住，可没想到第二次俯冲持续了很长很长时间，我感到我的心脏马上要骤停了，就在那千钧一发之际，梦又醒了。我急促地呼吸着，喘着气，觉得胸口像被一块大石头压住一样的闷痛，我的床单都被汗水浸湿了。所以到了第三天晚上，我怕睡着了这个梦再继续做下去可怎么办，那我岂不是要在睡梦里心脏病发作死掉了？唉，就这么忍着，一直不敢闭眼，到今天为止，总共三天没睡了。"李明痛苦而无奈地摇摇头。

"你的情况我了解了，别着急，你以往的病历我已经让护士长在整理了，我会结合你多年来的所有症状作综合诊断的。"江医生说着，拿起电话听筒，拨通了一个分机号，"林护士，麻烦你把整理好的病历拿进来，多谢。"

"谢谢江医生，那就全靠您了……"李明感激地说。

这时，响起一阵敲门声，一个大眼睛的白衣护士走了进来，"江医生，这是整理好的病历。"

"啊……就是她！就是她！"李明的神情突然间从感激涕零转变成惊恐万状。

"你在说些什么啊？她是我们心脏内科的林护士长。"江医生解释道。

"不不不，她就是那个……那个……红裙子女孩！你别……别拉我！我不去坐飞车！不去！不去……"李明渐渐感到自己的气息细若游丝，他好像突然意识到了什么，全力伸出手去试图在空中抓握，但最终只抓住了一片虚无。

"太突然了，抢救很及时，但还是没来得及。"江医生翻弄着手上整理好的病历，语气里带着些许遗憾，"不过真的很荒诞，他进来的时候还在和我寒暄，我让他坐下说，他坐下后不到两秒钟，就直接睡着了。不一会儿就发出那样的尖叫，刚才你也听到了……"

"是……急性心脏病发作吗？"林护士长问。

"是口香糖吸入喉部引起的突发性窒息，谁知道他睡着时嘴里还一直含着口香糖呢……"江医生甩了甩手上的一沓病历，"这家伙，根本就没有心脏病。"

意　外

靖江公安支队的办公室里,副支队长李文庭不停地抽着烟,心里琢磨着昨晚发生的一起意外事件的经过。

孙浩伟,五十六岁,患有先天性心脏病,根据他弟弟孙浩然的陈述,哥哥每次出门,外套的内侧口袋里必定放有心脏急救药——速效救心丸,很多次两人在外出时,孙感到心脏极度不适,都因为及时服下药丸后,症状得到缓解而确保了性命无虞。孙浩伟平时和妻子夏红两人共同居住,家里养了一条四岁大的雄性边牧犬,昨天晚上,他出去遛狗,中途心脏病突发,据一位路人回忆,当时他倒在人行道上,路过的行人想过去帮忙查看,但边牧犬狂吠不止,不允许有陌生人靠近主人,等到巡警赶来制服边牧犬,将孙浩伟送至医院时,已经过了最佳抢救时机。

在孙浩伟的内侧衣袋里,找到一个塑料小瓶,但经查实确认,小瓶里装的并不是心脏急救药,而只是一种用于提神醒脑的人丹丸。

按照妻子夏红的陈述,这瓶人丹丸是她自己平时出门时放在手提包里的,因为自己有晕眩的老毛病,所以经常服用人丹丸。两个药瓶是一模一样的,可能是孙浩伟出门前错拿了。

按理说,作为一场意外,事情的经过也没什么值得推敲的了。

要不是李文庭的第六感,总觉得"这件事哪里有点不太对劲"。

他想进一步了解一下孙浩伟的日常生活。

而当他再次找到夏红的时候,那种"不对劲"的感觉就更强烈了。

夏红看似平静的脸上,完全没有丈夫刚刚离世的悲痛,反而有一种把控生命、游戏人间的嚣张和轻佻。她就这样直视着李文庭。

"夏女士,你确定那天晚上,孙浩伟,也就是你丈夫,他是自己拿错了药瓶吗?"

"不那么确定,也可能是我,是我把人丹丸错当成心脏急救药拿给了他。警察同志,如果是这样的话,算过失杀人吗?"

夏红投来的眼神让李文庭感到一阵压迫。他勉强地笑了笑:"平时,你们都训练家里的狗哪些技能?"

"它什么都学啊,站立、握手、给主人开门、玩球、按指令叼来拖鞋、帽子、书本什么的,都是我在训练它,孙浩伟从来不管。这只狗很聪明。"

"都是你训练的?也包括训练它保护主人,在任何时候都不让陌生人接近主人?"

"这有什么不对吗?警察同志,你这问题问得就奇怪了,养狗不就是应该让它学会全力保护主人吗?难不成你是说……是我们家狗耽误了我老公送医抢救,所以要判刑?"

夏红的表情中带着挑衅和戏谑,似笑非笑地问。

天　　道

(一)

雨越来越大，终于送完了最后一单，准备回家。今天老婆在医院里做白班，现在应该已经下班了。电瓶车轰隆隆地疾驶着，在黑夜里听起来像背景音乐，愈发让人犯困。我今天做了多少单，想一想，想一想……

脑子就这么开了几秒钟小差，只听"嘭"的一声，身体差点摔出去，我用手掌抹了一把脸上的雨水，睁眼看去，两个R交叠的银色徽印在路灯下闪烁。

撞上了，还是辆劳斯莱斯，这种贵牌车平时在马路上都看不到几辆，怎么偏偏被我碰上了。唉，也别数今天做了多少单了，这几个月都白做了。

车里走下来一位穿着黑灰色羊毛外套的先生，他弯下腰看了两眼刮擦掉漆的痕迹，脸上显得有点不高兴。他叹了口气，说，你去给我买包烟吧。

我赶忙拔腿向便利店跑去，心想一定要买最好的软中华，表示表示诚意，兴许能少赔点钱。

我拿着中华烟往回走，却发现那辆劳斯莱斯早已开走了，空旷的马路边只有我的小电驴孤零零地停在那里。我默默把烟盒塞进裤兜里。碰到有钱的好人了，我心想。

(二)

在公司开股东会议开到一半，接到住家阿姨打来的电话，妈妈冠心病发作，正在医院抢救。

冠心病是妈妈的老毛病，她同时还患有高血压和糖尿病，一旦并发症，后果不堪设想。我一踩油门往医院赶，真不凑巧外面一阵大雨，车速也提不上去，正着急上火的时候，只听"嘭"的一声，车屁股被一辆送外卖的电瓶车刮擦了。

我走下车看了看，心里努力压制住自己的脾气，但估计脸色仍然不大好看，因为担心着妈妈在抢救室里不知怎么样了，这一焦躁，烟瘾就上来了。摸了摸口袋，空的。也不知怎的，空叹了一声，就对着外卖小哥来了一句——你去给我买包烟吧。

结果小哥刚离开，跟去医院的住家阿姨就打来电话，说妈妈抢救过来了，已经苏醒了，躺在床上一直在叫我的名字呢。我长长地舒了一口气，坐上驾驶座往医院飞驰而去。一边开车一边心想，莫不是这快递小哥撞了我的车，替我妈挡了灾？也不知道他伤着没有，真应该谢谢他啊。

(三)

我在楼下停好小电驴，就往家里走。没想到在楼栋门口碰到了刚刚下班的老婆。我说你怎么才回来啊？你今天不是上白班吗？我老婆说别提了，她刚打算下班，她们心脏急救科就收进来一个老太太，冠心病发作，没办法，当班护士立马进入抢救模式，不过好在有惊无险，救回来了，现在她家阿姨陪护着呢，儿子也通知了，估计也该快到了。

女生宿舍的一千零一夜（二）

"干杯！中秋节快乐！"

玻璃杯间的碰撞发出清脆的响声，冰红茶在透明的杯中摇曳，倒影着三个人欢快的笑颜。今天是中秋节，李佳提议晚上去必胜客吃披萨，得到了赵燕和宋薇的积极响应。

"今天店里好冷清哦……"赵燕啃着一块烤鸡翅，环顾着四周。

"中秋节嘛，大家都在家里吃团圆饭呢。"宋薇小啜了一口茶。

"啊哟……不要说得这么落寞嘛，像我们这种象牙塔里的学子，自当孑然一身，怎么可以随意沾染世俗节庆的悲喜呢。"李佳的身子随着店里的背景音乐摇晃着。

"哪有落寞啊，没有啊，我们欢欣鼓舞着呢，"赵燕掰开一块布满香肠丁的披萨，芝士的拉丝看着叫人垂涎欲滴，"对了，话说我最近看了一本很有意思的短篇小说集，叫《小灰》，你们有听说过吗？"

"那个作者是不是叫丁什么翼啊？"宋薇问。

"对对对，就是她，丁恩翼。"

"我听说过，但是没看过，最近只看了一本连城三纪彦的书，《小灰》怎么个有意思法？"李佳也问道。

"就是，她有些篇章是看似不动声色，但读完后脊背一阵寒凉的那种文风，还有一些是比较悲戚的，还有几篇是比较搞笑反讽的，思路都很特别，可谓是脑洞清奇。"

"有没有哪篇是名篇？"宋薇问。

"哇……这个……在我看来大部分都是名篇，都很厉害。"

"比如呢？"李佳问道。

"比如，说有一个女孩爱上一个男人，她觉得恋爱是玩物丧志，会浪费很多原本可以用来追求人生目标的宝贵时间，但自己又控制不住想和他在一起，结果就把那个男人反锁进衣柜活活闷死了；再比如，说一个当红作家抄袭了一本已故作者的作品，被那个作者的弟弟发现了，就以此为由不断勒索他的钱财，为了结束这一切，这个作家完美犯罪杀死了那个弟弟，从此高枕无忧，享受着那部作品带给他的名望和荣誉；还有就是，一个有钱人家的保姆，她杀死了少奶奶刚出生不久的女婴，把自己同岁的外甥女替换进了这个富豪之家。怎么样，寒凉吧？"

"好惊悚啊……"宋薇轻叹道。

"而且好黑暗。"李佳紧接着评价。

"不过不是每一篇都是惊悚的，有些就纯粹是挺悲的，比如说村里的一个傻子，他有着知道别人心里秘密的通灵术，结果太多太多的人追着他来探问各种隐秘，导致他虽然因此而赚了很多钱，但内心终究经受不住过多的沉重而自杀了。死后被白雪掩盖，尸体都没有人发现；再比如，说一个女孩从窗户上往下跳，而她的前男友不仅不去救她，还拍下她坠楼的照片去参加摄影大赛，结果因为照片上的女孩那种面对死亡的惊恐与绝望的表情太过真实太具震撼力而夺得大奖；还有比如说一对夫妻，结婚前看到丈夫的前妻快死了却故意没有及时去救，前妻死后，她们虽然如愿结婚了，却几十年来一直生活在被上帝惩罚的恐惧漩涡里；再有就是，一个男人爱上了一只红色的痰盂，便娶了她为妻，但是经年累月，铁质的痰盂老化开裂成了碎片。哦对了，还有一篇更绝的,说的是大家在热议的话题,就是老人摔倒在地上,会不会有人去扶。然后一个青年为了做实验,故意在人群中推倒一个老太太,然后他在远处观察,然而人流来了一波又一波,却始终没有人去扶老太太。"

"啊……我好像觉出这本书的精彩来了,我要去买一本!"李佳开心得两眼放光。

"嗯嗯,我也觉出来了,不过这种书不能看电子版,应该要窝在床上,开着台灯一页一页翻,这样才爽!"宋薇呼应道。

"对哒,我就是在床上一页一页翻完哒~"赵燕颇为得意地笑着,"要不要我告诉你们她最后一篇写了啥?又是另一种风格的。"

"写了啥写了啥?"宋薇和李佳异口同声地问。

"说是一个银行抢劫犯被警方通缉,他到处逃窜,好不容易逃到一家私人整形机构里,他用刀逼迫医生,要医生把他的脸整成完全不像自己的样子。医生没办法,只好答应。几个小时后手术结束,抢劫犯很满意他的新面孔,因为和原来的自己没有一点相像。他放心地走在马路上,可没走几步,就被警察逮住了。你们知道为什么吗?"

"不知道……"宋薇摇摇头。

"为什么啊?"李佳问。

"因为,医生把他的脸,整成另一个通缉犯的模样了,哈哈……"

"这无厘头的文风……"宋薇感叹。

"对,作者的另一面。我觉得能在同一本书里展示各种不同的写作风格,而且都能把握得恰如其分,还是挺不容易的,这个丁恩翼也算得上是个奇葩作家了。"赵燕说。

"她还写过其他书吗?"李佳问。

"写过的,还有一本叫《绑架》,也是短篇小说集,我已经放入购物车了。哦对了李佳,你刚才说你看的连城三纪彦,是他的哪部作品啊?"

"是《鼠之夜》。"李佳答道。

"咦?我还以为你会看他最经典的《一朵桔梗花》呢。"宋薇说。

"我看了《一朵桔梗花》的介绍,讲的是以描摹那种女子哀婉凄美为特色的故事,相对来说《鼠之夜》更对我胃口,写推理,更写人性。它一共九个短篇,同名那篇,我告诉你们,真的是一绝。"李佳啧啧称赞道。

"讲什么的？来来来，我们不怕剧透~"赵燕笑道。

"讲的是一个复仇的故事。男的叫依原，是个报社记者，他和他的妻子文代是非常相爱的一对夫妻。有一天呢，文代发现自己身体不舒服，感觉非常疲劳，就找到一家口碑非常好的私立医院去检查，还特地托了关系，成了院长的直属病人。没想到院长检查完后，确诊她得了白血病，这个噩耗让依原几乎要崩溃了。为了不让他的妻子痛苦，他就对妻子谎称说她得的只不过是需要悉心调养的小病而已，不用担心的。妻子相信了，就放心了下来。然后她就开始住院，配合医生进行治疗。

"再说另一边，院长除了自己有家庭外，还和医院的护士京子有着那种非同一般的男女关系，所以医院的各种秘密，京子也都知道。这几年来，院长私下一直在研究白血病的治疗，而且进展神速，他已经能够做到把病人的生命延长达五年甚至更久，他相信过不了多长时间，他很有可能攻克这项绝症，这可是让世界瞩目的成就啊。所以他想在此之前，尽早结束掉他和京子的那种关系，以免日后多生枝节，会影响他的前程。他找到京子，坦言了自己的想法，并答应给京子两千万作为分手费。京子呢，一直深爱着院长，还梦想着将来有一天能做院长太太，院长这样突如其来的坦言是她万万没想到的，她这时就感到自己的感情和身体都遭到了玩弄，而两千万的分手费绝对是一种莫大的羞辱。她在这种情感痛苦和自尊蒙羞的双重打击下，对院长产生了很扭曲的报复心理，于是有一天，她就找到依原，告诉了他事实的真相。

"他告诉依原说，她妻子文代其实根本就没有白血病，当初来医院检查的时候，院长把文代的确诊结果和另一位女患者的确诊结果搞错了，其实文代当时得的只不过是营养不良而已。可当院长发现自己的失误时，医院已经把她当成白血病患者在进行治疗了。院长考虑到你是报社记者，如果他坦白自己的失误，这件医疗事故肯定会被你借用职务之便通过媒体曝光的，这样的话他个人和整个医院的信誉都会受到极大的损害，为了保住他自己的形象和医院的声誉，他做了一件卑鄙的事——他让你的妻子文代，每天接收大剂量的放射。任何一个正常人，只要长期接收大剂量的放射，都会引发白血病。文代就是这么一天天被摧残，直到几年以后有一天，原本健康的她，真的成了一个白血病患者。

"依原听完后，愤怒得感觉就快要疯了。但他拼命压抑着怒火，用理智完成了接下来的事。他知道文代的时日已不多了，就谎称医生说她已经康复可以出院了，然后把她接回了自己家。再然后，警察发现在一个市中心繁华地段的游乐场空地上，身穿白大褂的院长仰面倒在秋千旁，胸口心脏处渗透出红色的血迹，法医鉴定他是被利器伤及要害，当场死亡的。再后来，他在医院门口，趁京子弯腰查看车胎的时候，猛踩油门，直接从她身上碾过。他觉得这个女人早就知道一切，也明明早就可以避免一切，但是她没有那么做，所以她同罪。

"依原还说，做完所有这些事，他只有一个瞬间是犹豫的。就是在院长临死前，和他说了自己对白血病治疗的研究成果，他说如果他的研究成功，未来千千万万个白血病患者就不必绝望地等待死亡的降临了。那个时候，他犹豫了一下，但最终还是下了杀手。他觉得自己没有那么伟大，没有拯救千千万万生命的义务，他只想要回一个健康的文代，却已不可能。

"故事的最后，依原回到了他们自己的家里，迎接他的是笑颜如花的文代。文代对这所有的一切依然毫不知晓，两人就在这片属于自己的小天地里，说着开心的事情，相拥在一起。而此时，警察搜捕的脚踪正在慢慢靠近他们的家。"

"全剧终!"李佳长舒一口气。

"心里好难过啊……突然不知道该说什么了……"宋薇双手搓着红茶杯子。

"这大概就是人们说的,连城三纪彦的魅力吧。"赵燕悠悠地感慨。

"我不敢买他的书了,太沉重了……"宋薇说道。

"是很沉重,不过正因为如此,我才下决心把他写的东西都买来看一遍。这种有情感分量的作品,才值得我们花时间去体会。"李佳说。

"好吧,那我考虑考虑,也从《鼠之夜》开始看起吧。"宋薇回应道。

"薇薇你不至于吧,你读的东西不是向来都很沉重的嘛。"赵燕说道。

"我读的东西那不叫沉重,那叫扭曲变态好吗,哈哈……"

"你最近又读过什么扭曲变态的东西了? 快跟我们分享一下,你看我和赵燕今天都分享过存货了哦~"

"好吧,让我想想……对了……那个日本的朱川人,你们知道吧?"

"知道啊,日本鼎鼎大名的直木奖获得者。"李佳回答。

"对,他写过一篇小说,叫《我是弗朗西斯》,我前两天刚看的,真的好扭曲……"

"哇哦……我还以为他只会写暖文呢,快讲来听听……"赵燕催促道。

"嗯……故事是这样的,说一个女孩子,从小就有严重的偷盗癖,但是她一开始并不自知。第一次是很小的时候,她拿了幼儿园同班小朋友的一只纸鹤,小朋友找不到纸鹤了,就大哭起来,还在四处拼命翻找,而这个女孩自始至终就摆出一副若无其事的样子。后来还有一次,在同学家做客时,她把梳妆台上一把小梳子放进了自己的口袋,但其实她并不喜欢这把梳子,在回家路上,就满不在乎地随手就扔掉了。

"这个女孩的家庭,是一个很严谨的宗教家庭,他们不上课的时间,经常被父母带去教堂参加各种活动。随着女孩的偷盗癖表现得越来越严重,有一天她在教堂里,偷了笔筒里的一支圆珠笔,把它放进了书包。这一切恰巧被她妈妈看到了,回家以后,她妈妈劈头盖脸就给了她一巴掌,还叫她把书包里的东西全部拿出来,女孩只好照做了，她妈妈问她这支笔是从哪儿来的，她谎称是自己买的，结果又是劈头盖脸一记耳光，爸爸走过来跟她说，偷盗罪是不可饶恕的大罪，女孩最终被罚跪半天，以求上天的宽恕，等她可以站起来的时候，整个身体已经冰冷麻痹了。

"后来，女孩的妈妈认为，她之所以会变坏，都是因为学校的那些孩子把她带坏的，所以同学们打电话来找她出去玩的时候，她妈妈就尽量找借口拒绝掉。久而久之，朋友们也就日渐疏远她了，她在学校只好孤零零地一个人。女孩在月经初潮来临之后，感觉偷窃的欲望越来越强烈了，她每天放学都要溜进店里，顺手拿些点心、文具、手套等等东西，但她并不是喜欢这些东西，而是偷盗本身，好像让她欲罢不能。

"有一天，她随手在发饰店拿了一个小发夹，突然被人从身后拍了一下，她回过头，看见一个肥胖丑陋、戴着眼镜的男人站在她身后，他对她说，你偷东西，我看见了，要是不想去派出所，你就必须跟我走。这个男人浑身散发着体臭，女孩因为害怕去派出所，只好跟着他一路走，来到一个没有人的公共厕所，男人在那里把她强奸了。

"第二个月，月经没有准时来，她妈妈觉得不太对劲，就问她怎么回事，她在妈妈的逼问下，说出了事情的经过，并承认自己怀孕了。在教义中，夫妻以外的任何性生活都是极大的罪恶，如果帮助这样的女孩，整个家庭都会被牵连至毁灭。爸爸跟她说，不能留她在家里了，不然我们所有人都要跟着下地狱的。就这样，女孩离开了自己的家，连一件行李都没有带走。

"在没有钱、没有依靠、又怀着孩子的情况下，她两天两夜没有吃东西，第三天开始，迫于无奈，她开始接客。很多嫖客都要求女子身材好、年轻漂亮，她身材很瘦小，更谈不上凹凸有型，但卖点是她足够年轻，还是个未成年人，所以依然有很多客人都喜欢找她。在频繁的接客过程中，她流产了。并且因为自己是未成年卖淫少女，被警察抓去拘留所蹲了两个月。出来后，她用之前接客积攒下的钱租了一间廉价公寓继续她的卖淫生涯，同时，她的那种在超市里偷东西的癖好，也开始复苏了。

"然而正在这个时候，她遇到了 M 先生。M 先生是嫖客中的一位，但他和其他人不一样，他非常温文尔雅，非常知性，连穿的衣服的做工都相当考究。他非常有礼貌地问她，我们做爱的时候，你能把手臂放在身后吗？按理说，有特殊要求是需要额外收费的，但女孩还是照做了，只是她觉得放在身后这个动作很难长时间维持，就对他说，要不你用毛巾把我的手从后面绑住吧，我不加收你费用。M先生同意了，但绑住她的时候，M先生很心疼地看着她，问她双手是不是会痛，感觉他怀着非常深的歉意，而且是很诚恳的歉意。

"此后，每次M先生来到她这里时，他们就都用这种方式做爱。因为她以前从来没有谈过恋爱，和嫖客上床也不过是为了赚钱，所以她的身体是没有动情后的反应的，但和M先生做爱时，她感到自己身体深处好像有一簇火焰在跳动，是他带她体会到了爱人们之间相互回应的激情四溢。

"欢愉过后，他们还会花很长时间聊天，M先生告诉她，自己单身，经营着一家咖啡连锁店，她也告诉M先生自己的经历和自己的偷盗癖。M先生抱着她安慰道，你喜欢偷东西，那是因为生活中没有人呵护你，照顾你，所以你没有安全感，心里难过又无从宣泄。女孩听完后俯在他肩膀上嚎啕大哭，从那一刻起，M先生就成了她心中的唯一了。每次M先生要离开的时候，她心里都怅然若失，好像自己无比依恋的人要离她而去一样。直到有一天，M先生敞开心扉，诉说了自己对她同样的思念。他把女孩接到自己的一所小公寓里生活，出学费让她读完了高中。

"但是，M先生虽然把她照顾得很好，却从来没有带她去过他自己独居的别墅。女孩一直以来接受着他的恩惠，也万万不敢奢望自己就是他唯一的女人。因为很显然，以他的社会地位，当然应该找一个实力相当的优秀女子为妻。可是因为她太爱他，终于有一天还是忍不住开口问他，她说，我从来都没去过你住的地方，是不是那边还有一个女孩子啊？M先生笑了笑，说当然没有了，不过你这么不相信，我就带你过去看看吧，到时候你就知道了，反正有些事，我迟早也是要告诉你的。

"女孩听了很惶惑，她跟着M先生来到了他的别墅，她走进房间，看见房间里一尘不染，M先生告诉她，这栋别墅，除了一间娱乐室外，其他房间每天都有阿姨打扫。女孩问他，为什么娱乐室不打扫呢？M先生笑了笑，带她走进了娱乐室。只见娱乐室里放满了各种漂亮女人的照片，她们金发碧眼，在灯光下穿着漂亮的衣服，个个都散发着迷人的光彩。这些照片都被放大到半人高，而且她们有个共同点——都没有手臂，臂膀的地方都是浑圆的。

"M先生打开放映机，屏幕上，一个女人灵活地用脚趾抓起叉子，将食物送进嘴里，又拿起杯子，大口喝起啤酒来。女孩发现M先生看着屏幕，眼睛里流露出浓烈灼热的爱意，这是她以前从来没有看到过的。她现在终于知道，为什么在他们做爱的时候，M先生会对她提那样的要求。M先生对她坦言，自己就是喜欢没有手臂的女人，和她的偷盗癖一样，是一种奇怪的嗜好，这个秘密除了自己的一个挚友外，别人都不知道。他问她会不会介意，会不会觉得他很变态，她摇摇头说，她曾经做过妓女，深知每个人的心中，都藏着不同的欲望，每个人的快乐形式也各不相同，比如有的客人喜欢用丝绸手帕蒙住她的双眼，有的客人喜欢听到她大声喘息，还有的客人甚至要求她不断地叫喊——'我错了……我错了……'，所以就算M先生有自己特殊的癖好，也不会令她感到异样和不适。M先生听了很感动，让她从此以后就在这里住下，他辞去了阿姨，娱乐室的门也不再紧闭。女孩别提多高兴了，觉得自己终于成为了他家的女主人。

"有一天，她在别墅里打扫卫生，在打扫娱乐室的时候，看到照片上这些美丽的女人，不知为什么，突然心中燃起了强烈的妒意，她觉得那些女人的眼睛好像都在挑衅她，嘲笑她永远也得不到 M 先生心底最深的爱。女孩的妒意越燃越旺，几乎丧失了理智，她跑到厨房，右手抡起一把菜刀就往左手上切，她想要把自己的手连同臂膀一起切断，好成为 M 先生最喜爱的样子。此时M 先生正巧回到家里，看到女孩的左手已经血肉模糊，他强行制止了她的疯狂行为，这时女孩情绪失控，放声大哭，并拒绝去医院，M 先生只好把她带到他最好的医生朋友那里去包扎治疗，总算因为没有伤到肌腱，左手保住了。

"在养伤的那段时间里，女孩向 M 先生坦言，他是自己唯一爱的人，她希望自己能变成他最爱的模样，永远陪伴着他。M 先生告诉她说，光是想象你失去双臂的样子，就足以让我热血沸腾，但是我不能让你为了满足我的性癖而做出这么大的牺牲。但是女孩却坚持要断了双臂，她说她不能忍受他爱上那些照片，她希望他们彼此对对方的爱是直抵灵魂的，也是唯一的。

"终于，M 先生同意了。他决定请他的医生好友帮女孩完成整个手术。医生把她双臂的各个关节依次切除了，手术过程中，M先生精心地看护着她，表情是那样前所未有的幸福。手术结束出院后，M先生把娱乐室的半身女人照片全收了起来，女孩这时才终于感受到，他们的灵魂，现在真正联系在一起了，她终于完整地拥有了她所爱的男人，此生无憾了。好了，故事结束。"

"额……这下轮到我说一句——突然不知道该说什么了……"李佳斜睨着宋薇道。

"果然扭曲变态啊……不过作者想要表达的反而是更洁净的东西……"赵燕跟了一句。

"我觉得……很深情，不是吗？……"宋薇沉醉地拨弄着塑料吸管，"那是怎样的一种深情啊……"她侧过脸去望向窗外，李佳和赵燕也循着她的目光看了过去，深蓝色的天空中，悬挂着这一年里最大最圆的月亮，她们痴痴地凝眸远眺着，有一搭没一搭地说着话，听着店里的背景音乐不停地循环播放着——

"Are you going to Scarborough Fair?
Parsley, sage, rosemary and thyme.
Remember me to one who lives there,
She once was a true love of mine."

领　　养

刘姨和刘叔这对夫妻在宋奶奶家帮佣已经有很长一段时间了。刘姨管家务，刘叔是厨子兼司机，宋奶奶没有家人，逢上节假日，夫妻俩会把乡下的三个孩子接过来，一对龙凤胎今年九岁，小女儿四岁，三个孩子在偌大的别墅里跑上跑下，家里顿时就热闹起来了。

宋奶奶隔壁那栋别墅里，住着一个大龄单身女，大家都叫她乔小姐。乔小姐四十出头，做服装生意的，平时回到家也就孤零零一个人，有时候看到三个孩子在屋外的草地上玩耍，便会拿些零食过去给他们吃，所以孩子们都挺喜欢她。

也不知道是什么时候，乔小姐托宋奶奶传了话，说自己没有婚嫁，心里有遗憾，如果可能的话，想领养个孩子，男孩女孩都行，只徒将来老了有个照应。宋奶奶叨叨地复述着，也就是说给刘叔刘姨听的。毕竟像他们这样的家庭，倒不是说没法拉扯三个孩子长大，只不过成长环境和将来的受教育程度未免要打折扣。这些，刘叔刘姨心里再清楚不过了。

过了没几天，刘姨带着自家儿子，敲开了乔小姐家的门。

"乔小姐，我们家孩子多，这男娃娃可懂事了，以后您多教教他学文化，他长大了保准孝顺您。"

"太好了，男孩子好，将来乔妈妈供你念好学校，将来做有大出息的人。"乔小姐笑着过来牵住小男孩的手。

又过了几天，刘叔抱着四岁的小女儿，沙哑着嗓子喊住了正准备出门的乔小姐。

"乔小姐，前天我和老婆又商量了一下，觉得大儿子吧，要传家里香火的，您要是不嫌弃，我们家小娃娃可讨人喜欢了，要不让她跟了您吧？"

"这样啊……也行啊，你家小姑娘长得好看，女儿将来也更容易贴心。"乔小姐摸了摸女孩的长头发。

就这样，刘叔把儿子领回了家，把小女儿留在了乔小姐家。

又过了几天，刘姨带着大女儿再次登了乔小姐的门。

"乔小姐，实在是不好意思，我和我老公反复掂量，想着小女儿才四岁，还是啥都不懂的年纪呢，我们想让她呆在身边再多些日子，要不然……心里总放不下似的。你看，我们大女儿可聪明了，算数特别好，以后跟着您闯事业。"

"既然这样，那好吧，女孩子将来都是妈妈的小棉袄。"

又过了几天，刘姨刘叔两人一起守在乔小姐家的大门口，等啊等，一直等到她开车回来。

"乔小姐，实在是对不住您，我们翻来覆去想了又想，觉得将来等我们俩都老了，家里的事还是要三个娃在一起有商有量的才好……"

乔小姐这段日子已经被他们搞得一头雾水，领养的事，也成了泡影。她眼望着夫妻俩领着大女儿一边道歉一边缓步离开的背影，轻轻摇了摇头，叹了口气："唉，到底是乡下人，做事情颠来倒去，一点信誉都不讲……"

血色黄昏

还记得小时候刻苦练习钢琴的那些日子，那时候，比起其他孩子来，我早早通过了钢琴十级，因此被老师选送去参加全国钢琴大赛。比赛的曲目准备得很顺利，却在登台后因为紧张，接连弹错了四个音。结果连优秀奖都没有拿到，实在太丢脸了，我摆脱不了心中因辜负使命而产生的羞耻感和父母对我大失所望所带来的阴影，从此再也没有碰过钢琴。

从小教我弹琴的女老师非常看好我的天赋，我想，如果她没有因为肺癌早早离开这个世界，如果她一直鼓励我，也许有一天，我会重新坐上琴凳，然而她走得那么匆忙，她临走的时候，我去医院看她，她送给我一个文件袋，说里面是她祖父留给她的很珍贵的东西，她说自己已经没有机会去研究它了，并嘱咐我十八岁成年以后再打开。我惶惑地接过来抱在手里，竟不知道那是我最后一次见到她。

如今我已经过了十八岁，快递一路送达的高考成绩单清晰地告知了我落榜的消息，明明准备得很顺利，上了考场却错题连连，再一次，我被心中辜负使命的羞耻感和父母老师的失望击倒。

一个人坐在书桌前整理考前的复习材料，无意中打开抽屉，看到压在最下面的一个文件袋，那是多年前钢琴老师送给我的礼物，我一直遵循她的叮嘱，所以始终没有打开。如今我已成年，怀着藏在心底的思念和敬意，我抽出了里面的东西——是几页琴谱。

琴谱的用纸非常老旧，泛着黄渍，还有几处明显的折痕，像被揉皱过一样。从谱子上看，这曲子似乎并没有什么特别之处，也不复杂难弹，有几处需要炫技的复杂指法，但比起李斯特、贝多芬的作品要容易上手得多。那为什么老师当时会如此郑重其事呢？好奇心驱使我打开电脑的搜索引擎，输入了它的曲目名——"血色黄昏"。

搜索的结果让我大吃一惊。原来它不是一首普通的乐曲，它被封印上了诅咒。所有弹奏它的人，只要弹错一个音节，或者弹奏时中途停顿，双手就会肿胀直到炸裂。

恐惧激起了我奇异的好胜心，这是我自己都没有想到的。尽管我在心里不断告诉自己，我已经很多年没有碰钢琴了，技艺也早已生疏，如今何必主动去揭自己的伤痛呢，但身体是诚实的，不知不觉，我的双腿已经带领我推开了琴房的门。

终于再一次，我坐上了久违的琴凳，伸出双手摊平谱架上的乐谱，在好奇心与征服欲的推动下，我的十指开始在琴键上飞舞，那流畅的乐感把我带回到封存心底的童年时光。然而在这无与伦比的享受中，我隐约感到有一丝异样，好安静啊……周围的空气似乎滞重得像是凝固了一样，我无意中向窗外望了一眼，明明是暴雨天，可偌大的雨滴却静止在半空中一动不动，直到我一曲弹完，雨水才继续"哗哗"地往下坠，而墙上的挂钟秒针，此时又恢复了"嘀嗒嘀嗒"的走时。

我终于明白了这首曲子的奥秘，那就是弹奏它的时候，时间会变得静止，世界上的一切运动都会停下脚步来。多么奇妙的感受，我呆坐在钢琴面前，心中久久感叹着，忍不住又再次照着琴谱弹奏起来。

悠扬的乐曲声弥漫在极致宁谧的琴房里，雨滴再次为它驻足，我沉醉地望向窗外，突然被吓了一大跳，打开的窗玻璃外，倒悬着半个女孩的身影，她的长发垂下来，已经被风吹散，苍白的湿漉漉的脸颊上，两只眼睛困惑地一眨一眨的。

"喂! 你是谁啊? 你怎么回事啊?!"我一边大声问她，一边继续弹奏着，生怕万一停顿下来，我的双手会爆炸。

"我还要问你呢，怎么回事啊?! 我怎么停住了啊?"女孩大声回答。

"你……不会是被人推下来的吧?"我继续问她。

"怎么可能啊，我当然是自己跳下来的啦!"她一副很逗能的语气。

"下面还有十几楼啊，你跳下去会死掉的!"

"我就是要死掉才跳的啊! 这是怎么回事?! 为什么我不动了?!"

我把自己弹奏曲子的秘密告诉了她，"我跟你说，只要我一直弹，你就不可能掉下去，你就会好好地活着，明白了吗? 趁早放弃死掉的念头吧!"我在一曲弹完，尾音还没消逝之前，立马重头开始弹第二遍，这样才能确保弹奏不会中断。

"不可能，你弹到最后还是会体力耗尽不得不停下来的!没有人能救得了我!我更不需要别人救我!"她很固执,而且可恶地说出了现实状况。

"那个……我能不能问一下,你为什么要跳楼啊?"又是我那该死的好奇心。

"高考落榜!所有的努力,全!部!白!费!白费!!"

"这么巧,我高考也落榜啦!不过……不过我觉得只要今年好好复习,明年再考一次,一定会考上好学校的!你看我,已经开始练习了,我准备明年考音乐学院作曲系!你就应该像我一样,鼓起勇气来,不要遇到一次失败就把整个人生都赌进去!太!划!不!来!了!"

"你好勇敢……不过我还是算了吧,太累了,不用了……"

"别泄气啊!听我的,不要放弃!"我的手指已经开始轻微地抽搐,我非常小心地不让自己弹错,双臂也开始感到无力,我的心越来越紧张。

"你……弹完这一遍赶快停下来!保住你的手!我已经决定要离开了,太累了……你不会明白的……"

"别……不可以!……"我集中了自己全部的意念控制着手指,说话语无伦次。

乐曲循环了无数遍后,再次接近尾声,还有七个小节……

"谢谢你的好意,没想到在最后的时刻,还能感受到温暖和鼓励,我好高兴……"

"不要啊……你不要……"

还有两小节……

"我已经没有遗憾了啦……你明年可要加油哦……"

"不要!!……"

随着最后一个完整音符的琴音渐弱,我精疲力竭地瘫倒在地板上,几近麻痹的双手不停地颤抖着。倒地的声响和突如其来的雨水倾倒声掩盖过女孩身体撞击水泥地面的破碎震裂,我挣扎着慢慢站起来,趴上窗台往下看,女孩孤零零地仰卧在空旷的路面上,双臂摊开好像要再拥抱一次这个世界,鲜红的血不断从她的脑后汩汩流出,又被这黄昏时刻的大雨一遍遍冲刷干净。渐渐地,女孩的四周开始围满了人,我无力地望着她小小的身体被人群遮蔽,任凭辜负使命的羞耻感与失望再一次汹涌地袭上心头。

打　　劫

大疫三年，乱了整个城市的节奏，许多中小型企业都开始裁员，尤其是像我这种超过三十五岁、又缺乏高精尖技术等核心竞争力的老员工，终究是难逃一劫。

最后一天上班结束了，离开的时候，才发现几乎没有什么属于自己的东西要带走，心里顿时涌起一阵落寞，就这样情绪低迷地走在马路上，路过一家拉面馆，想着就在这里解决晚饭吧，便走进去随意找了个位子坐下，叫了一碗番茄面。

快吃完的时候，让服务员续了一杯大麦茶，因为想多坐一会儿，因为没什么地方可去，因为心里难过。想到年轻的时候，那个在大学校园里活力四射的自己，总是激情澎湃地畅想着，毕业以后要如何融入这个社会的洪流之中大干一场，天高任鸟飞地展翅翱翔，这样的野望，如今依然深藏在心底，但说出来只会让人耻笑吧，唉。

晚饭时刻的拉面馆，生意依然很红火，不一会儿功夫，差不多每张桌子都已坐满了客人。我喝了一口大麦茶，刚放下茶杯，对面便落坐下一个男青年。他看上去脸色很不好，胡乱点了份鸡蛋拌面后，坐在那里显得慌慌张张、心神不宁。

"小兄弟，是不是遇到麻烦事了啊？"我关切地询问他。

"额……算是吧……"他支支吾吾。

"大学毕业几年啦？在哪里上班呀？"

"毕业一年多，在一个企划公司上班。"

"那不错啊，做什么方面工作的？"

"在财务部……当助理……"男青年说话声音很轻，像个犯了错的孩子。

"唉，想开点，你这么年轻，没什么事情是过不去的啦，这花花世界，就是留给你们大干一场的，别泄气啊。"我一时竟不知这话是说给他听的还是说给我自己听的，好像说完之后，自己的雄心也随之振奋起来了。

"说起来……是这个道理，但是要怎么才能大干一场呢？像我这种普通家庭长大的小孩，大学一毕业就不得不急忙投入工作补贴家用，想要继续出国深造，准备将来做一番事业,也没有资金支持,只是黄粱一梦罢了。"男青年一边用筷子搅动着面条,一边默默地说道。

我听着这些话,感觉就好像是在描述年轻时候的自己,顿时心中升起一股冲动,就问他:"你是做财务助理的,那你一定知道你们公司的保险箱密码对吗?"

"干……干什么啊?"男青年又紧张地支吾起来。

"你就说你知道不知道吧。"

"知道是知道的……"

"你看这样好不好,我们来个里应外合,你告诉我一个你们公司办公人员最少的时间段,我全副武装上去打劫,你就假装完全不认识我,然后劝阻你的同事要好好配合,不要报警,我拿了钱就走,晚上我们在这家拉面馆见,我分你一半钱。"

"打劫??"

"对啊,你想想,我失业了,需要钱维持生活,你呢,需要钱出国深造,就算为了你的前程,你也得豁得出去啊!"

男青年的眼神终于开始有了光彩,"那……我们就真的豁出去大干一场吧!"

"嗯!大干一场!"我像个胜利者一样拍拍他的肩膀。

行动的那天,一切都很顺利,那个下午,公司里只有男青年和一个行政部女助理在办公室,我拿出刀假意威胁他们,男青年劝女助理说,我们现在反抗的话,太危险了,很可能会被他捅死。女助理吓得魂不附体,整个身体一直在发抖。我用男青年事先告诉我的密码打开了保险柜,一百二十多万现款尽收囊中。

这天晚上,我提着一个黑色旅行袋,里面如约装了六十万现金,来到拉面馆,男青年不在。我吃了碗豚骨拉面,汤都见底了,他还是没来。我正想打他手机,肩膀上突然被人拍了一下,我回过头,两名警察在我身后虎视眈眈,"麻烦你跟我们走一趟。"其中一个说道。

审讯室里,警察要求我在书面犯罪材料上签字,我一看便傻了眼,白纸黑字,那家企划公司申报的被劫金额要比我拿走的实际数目整整多了五十万。警察说,幸亏公司里那名男员工牢牢记住了你的样貌特征,还凑巧在拉面馆门口看到了你,这才第一时间给我们警方提供了破案契机。

我想起第一次见到男青年的时候,他那慌慌张张心神不宁的样子,顿时明白了一切。我对整个犯罪过程是我独立策划、独立实施这个事实供认不讳,我也知道不久以后等待着我的将是漫长的铁窗生涯。那个时候，他应该无比从容万分自信地徜徉在某个遥远国度的高校图书馆里，努力用学识的力量包裹出一个更优异闪亮的自己吧，我又一次在心里看到了那个曾经年少的自己，加油，加油啊，只愿你鹏程万里。

自　　首

我爸妈去世得早，所以我从小就过继给了舅舅舅妈，由他们带大。舅妈一直都不喜欢我，总拿我和她自己女儿比，觉得她事事都比我强。

我舅妈每天都要在我耳旁唠叨，说她怎么怎么读书好，怎么怎么赚钱多，还勤于健身锻练，连身材都保持得比你好。就这样持续唠叨了三十年，一天也没有停过。今天早上，我实在受不了了，就操起厨房里的一把西瓜刀，戳进了她的心脏。

看着我舅妈倒在血泊里，惊恐的表情里带着千千万万种不可置信，我感到了从未有过的解脱，心中积压了几十年的那块大石头迅速地消融，我觉得自在极了。可只是自在了一阵子后，理智渐渐浮出脑海——杀人偿命，我应该去自首。

走进第三大街警察局，发现新建的警局大厅高大而威武，所有的硬件设施都是崭新的，连工作人员的深蓝色制服上，似乎都散发着新布料的香气。

面对一排长方形的受理柜台，我朝其中第二个窗口走去。

"请问办理什么业务？"窗内，一位身着警服的青年男子面带微笑地询问我。"我……我杀了我舅妈，是来自首的！"话一出口，我已经感到了心里的颤抖。

"哦，自首啊，到B4窗口旁边，拿一张空白表格，再到旁边自助取号机上取个号码，排队等叫号。"青年男子朝B4窗口指了指，抬头看了我一眼。

"哦，明白了，谢谢！"我朝B4窗口走去，拿了一张空白表格；又走到自助取号机前，刷了一下身份证，触摸屏上显示出各项业务受理的名称，我按了下"自首"项，号码纸牌"嗤啦"一声吐了出来，我赶紧用手接住。

坐在米白色的仿皮长椅上，我的眼睛直直地望着叫号显示屏上不断滚动的红色字母和数字，"请A3472用户到3号审讯室……请A3472用户到3号审讯室……"

终于轮到我了。

审讯室不大，一个同样穿着簇新制服的中年女警员接过我手中的空白表格，从口袋里掏出一支圆珠笔，示意我在她对面坐下。

"姓名?"

"安娜·史密斯。"

"性别?"

"我……哦……女。"这不是显而易见嘛,真是的。

"自首原因?"

"我今天早上,杀了我舅妈。"

"被害人姓名?"

"爱丽丝·门罗。"

"性别?"

"警察先生,我都说了是我舅妈了啊。"

"被害人性别?"

"女。"

"你和被害人关系?"

"舅母和侄女……的关系。"

"被害地点?"

"我家……我家的客厅里。"

"地址?"

"第三大街811幢4楼3室。"

"被害时间?"

"今天早晨8点30分左右吧。"

"发现尸体的人是谁?"

"那还用说,人是我杀的,发现尸体的人当然是我啦!"

"使用的是什么凶器?"

"西瓜刀。"

"凶器的来源?"

"我家厨房里拿的。"

"凶器的来源?"

"去年在超市里买的……"

"留一下你的身份证号码和手机号码。"

我逐一报上,中年女警员在表格上唰唰地写着,终于写完了最后一笔。

"好的,资料将马上送往搜查处,搜查处会安排相关工作人员和你预约实地调查取证的时间,在此之前,请你务必保持手机畅通。"

"你的意思是……我现在可以走了?"

"你现在走也行,坐在警局大厅里休息一会儿再走也行,这由你自己决定就可以了。"

我走出3号审讯室,朝自动开合的玻璃大门走去,突然想起忘了多问一句:搜查科大约什么时间会和我联系? 是几小时内，还是几天内，还是几周内? 于是我急忙转过身朝最初的一排受理窗口走去，可是每个窗口前都挂了一个告示牌，走近一看，上面写着"12点—13点，午休时间"。我看了一眼手机，12点01分。

因为早上太兴奋了，我连早饭都忘了吃，就朝警察局这边赶，于是现在肚子开始饿得咕咕叫，没办法，只好先出去吃点东西，等到下午1点钟他们开始办公了，再回来问一下吧。

我走出玻璃大门，门在我身后安静地合上了。穿过马路，进了一家肯德基快餐店，眼前一排点餐的女服务生面带微笑。

"请问女士要点什么?"

"给我一个汉堡包。"

"我们有鲜虾、牛肉、鸡肉汉堡，请问您要选哪一种呢?"

"鸡肉的吧。"

"我们有不辣的、微辣的、中辣的和重辣的鸡肉汉堡，请问您要选哪一种呢?"

"微辣的吧。"

"饮料需要来一杯吗?"

"可乐吧。"

"我们有大杯的、中杯的、小杯的可乐，请问您要选哪一种呢？"

"中杯的吧。"

"请问您需要加冰块还是不加冰块的呢？"

"不加吧。"

"女士，现在是中午限时优惠时段，可乐如果换成大杯的，只要加收一元钱，您需要我帮您把可乐换成大杯的吗？"女服务生依然笑容满面。红色的快餐店制服好像也是全新的，上面镶着金色的限时特价的宣传标语。新衣服的面料总是有那么一股香味。

"好吧，换大杯的。"我回答她说。

女服务生礼貌地收下了我支付的现金，并示意我在一旁等待配餐。紧接着下一位顾客又回答了一遍我刚才回答过的问题；再紧接着，还有下一位……我拿着盛放了鸡肉汉堡和大杯可乐的托盘，在靠窗的座位边坐了下来，嘴里的鸡肉鲜香四溢，气泡可乐激爽又甜润。我大口地嚼着、喝着，透过硕大的落地窗户，可以看到马路对面的警察局大楼，此刻它正在安静地午休，正如我舅妈此刻也正无声地躺卧在客厅里冰冷的地砖上一样。

蒙娜丽莎

算起来，林薇和周鹏结婚也快七年了。罗浩觉得自己很像金岳霖，为了心目中的林徽因，终身不娶，守在她身边当她和梁思成的好闺蜜。想想当年，如果不是周鹏横插一脚，自己和林薇早就终成眷属了。

这是七年来林薇第一次主动给他打电话，她流着泪，哭诉着说，我发现周鹏……周鹏他有外遇了。

"那天晚上，我们吃过晚饭，他就开始假装玩手机，手指划来划去了很久，屏幕上却还是老界面，过了一会儿，他说有点气闷，要出去跑会儿步。我说我们一起夜跑吧，他连忙说不用不用，你在家洗洗澡做做面膜吧，说完就着急出门了。我偷偷跟在他身后下了楼，他没有发现，我就这样一路跟着他，一直走，穿过三条马路，左拐，有一条巷子，第二个门牌号，是个已经关闭了的画廊，我看着他掏出钥匙，俯身去开卷帘门的锁……"

"门打开后，你看到那个女人了吗？"罗浩问她。

"他打开门之前我就掉头走了,我不想自取其辱……"

林薇的声音有点沙哑,这让罗浩心疼万分。她还告诉他,每天晚上这样的情况,已经持续一个多月了,周鹏"跑步"回来后,洗完澡就睡在客厅的沙发上,两人已经默认分房睡了。

"别着急,我去帮你问他。如果他真的有了别的女人,那还是说清楚比较好。"

"放心好了,不会激怒他的。我和他本来就一直是好朋友,不是吗?"

罗浩带着对林薇的承诺,约了周鹏出来喝酒。露天酒吧里低回的音乐如泣如诉,晚风吹拂过面颊,罗浩深吸一口烟,向周鹏转述了林薇的疑思,原以为他至少会矢口否认一下,没想到……

——"林薇怀疑得没错,要不这样,我现在就带你去认识一下她吧。"

这么直白……看着周鹏眼中绽放的奕奕神采,罗浩心头不免一阵抽紧。

"那个……她……是画廊的老板么?还是画廊的女模特?"

周鹏没有回答,他对罗浩笑了笑,眼中的神采洋溢得更加泼洒了。

罗浩跟着周鹏走进一条小巷,在一家画廊前停住了脚步,周鹏掏出钥匙,熟练轻巧地打开了卷帘门的锁。

室内亮起了鹅黄色的灯光,两人在一幅油画前驻足。

"看看这个。"周鹏说道。

"蒙娜丽莎??"罗浩语气中带着一千个反问。

"你这么惊讶干什么,又不是卢浮宫的那幅,这是一位意大利当代画家的致敬之作。这家画廊的老板很有眼光,几年前从佛罗伦萨弄回来的,听说价值不菲。"

"这……是一幅画啊?"

"没错,是一幅画。"

"画……它是一个平面啊?"

"嗯,客观上说,它是一个平面。"周鹏回答得波澜不惊。

"不不不,你没明白我的意思。我的意思是说,我相信你对绘画有很好的审美力,但是画中的人物……和现实当中活生生的人,那就不是同一个概念啊!"

"是不是同一个概念,得由我说了算,你觉得呢?"

"那你的意思,是你周鹏,婚内出轨,爱上了这幅……哦不,这位蒙娜丽莎小姐?"

"没错。要不是标价实在太高我根本买不起,它早就为我所拥有了。"

"那……你让林薇怎么办?"

"我承认,是我辜负了她,如果她提出分开,房子车子都归她。"

"额……不过我实在不明白,这幅画究竟哪里吸引你了?市面上蒙娜丽莎的赝品遍地都是,很容易就能买到啊……"罗浩差点一语唔塞。

"不一样,完全不一样。你看她,无论我单单只望着她的眼睛,还是鼻子,还是上嘴唇,还是胸部,甚至是额头,我都能感觉到她传递给我的各种情绪,时而严肃,时而俏皮,时而羞涩,时而魅惑,其他画作只是块平板而她不是,她是一个独立鲜活的女人,我承认我很难把持住……当我面对她这种瞬息万变的吸引力时。你说的那些赝品上,最多只有用画笔描绘出的一抹微笑而已,哪里有这样的传神之姿?"

罗浩这下真的一语唔塞了,他不知道该如何去跟林薇解释这件事。不过他心里却又滋生出另一种窃喜,他徜徉在自己的心绪里,全然不顾周鹏一边锁门一边提醒,小心,轻点走,画廊老板不知道我每天晚上来这儿，钥匙是我好不容易把他灌醉后偷偷配的……

几乎是毫不犹豫的，罗浩抵押了自己现在独住的黄金地段三居室以及父母送给他的一栋老宅，想到能和林薇再续前缘，他一咬牙，又奉上了自己多年来差不多所有的积蓄，从画廊老板手里接过"蒙娜丽莎"时，他新租的廉价小公寓刚刚粉刷完毕，罗浩把它小心翼翼地挂到墙面上，打算第二天晚上就把周鹏约过来，将他倾慕已久的新娘亲手送入他怀中。

忙完了这一切，罗浩打开一罐啤酒，扯掉拉环，一边喝，一边怀着好奇，仔细欣赏着眼前这位让周鹏为之鬼迷心窍的"蒙娜丽莎"小姐。她确实很美，浅褐色的瞳仁散发出柔和的光芒，微卷的长发低垂，嘴唇轻轻颤动，鼻尖上似有若无的细微绒毛上沁着黑夜的甘露，胸衣层层半透的薄纱发出与肌肤相互磨擦的细碎轻响，她的指甲洁净透亮，一只手慵懒地悬在另一只手的手腕上，像拽住了天上的一颗星星。

罗浩凝视着蒙娜丽莎的双眼，他的眼神向下滑过她高挺的鼻梁，细柔的鼻尖，淡淡绛红色的嘴唇，精巧的下颚，纤美的颈项，涌动的双峰，他试着在这间空荡的房间里四处走动，但无论他走到哪个角落，都能感受到蒙娜丽莎火一般存在的温度，他再度站回到她面前，慌乱得仰头喝光易拉罐里剩余的啤酒，他轻喘着，随着自己心跳的加速，他开始犹豫，明天晚上要不要把蒙娜丽莎给周鹏？要不要那么急着就给他……

相　　似

不知不觉天色已经很晚了，我帮婆婆盖好被子，就走出她的房间，独自一人来到客厅里呆坐着，周遭的一切，陈旧而暗淡，散发着令人窒息的腐朽气味。

我的丈夫是家中独子，自从他因车祸意外去世后，照顾脑瘫的婆婆，伺候她每天的饮食起居，几乎成了我生活的全部内容。没办法去尝试应聘热爱的工作，也没有时间去夜校读书进行自我提升，年逾不惑，一事无成，日复一日的生活，不过就是买菜、做饭、擦拭家具上的灰尘、搓洗衣服和被褥上婆婆留下的口水渍，和给她换成人尿不湿时，不小心沾上的大小便。偶尔在夜深人静时，读读小说、听一听少女时期喜欢的歌曲，或者幻想一下自由自在的生活到底会是什么样子，以此来打发寂寥的时光。但今天倒是很意外，这么晚了，客厅里的电话铃声居然响了起来，已经很久没有人打电话到家里来了，会是谁呢？

"喂？请问是哪位？"

"哦……是张丽芬的妈妈是吧？"

起初那一丝因好奇而生发的小兴奋，顿时寂灭了，我刚想本能地脱口而出——"不好意思你打错了"，突然，有一种奇妙的兴致从我心里升腾起来——要不，我逗逗他吧……

"我是张丽芬的妈妈，请问你哪位？"

"哦，阿姨你好，我……我叫陈力伟。请问张丽芬在吗？"

这人说话的声音很好听，也很年轻，像是个高中男生。

"她和同学出去聚餐了，还没回来，要不你留个电话，让她回来打给你吧。"

"额……不……不用了，没关系的……我晚些时候再打过来，谢谢。"

"啪嗒"一声，他把电话挂断了。

他待会儿真的还会打来吗？哈哈，耍耍他，真好玩。

我轻声笑了笑，就去卧室铺床了。铺完床，又去厨房热了杯牛奶，随着微波炉"叮"的一声，电话铃相继又响了起来。

不会是他真的又打来了吧?

"喂?你好,请问哪位?"

"哦……张丽芬妈妈,是我……陈力伟,请让张丽芬听一下电话……"

居然真的是他。

"她刚才来过电话了,说今天晚上去朋友家过夜,明天吃完早饭再回来。要不你还是留个电话吧,明天我好让她打给你……"

"额……阿姨,你是说她在朋友家过夜啊?"

"是啊,怎么了?"

"哦……我是想问问……那个朋友……是男生还是女生啊?"

"是女生,当然是女生啦!"

"哦,行,那……我明天再打来吧。"

电话又挂断了。因为恶作剧而笑出声来的我,差点被牛奶呛到。

这个张丽芬和这个陈力伟到底是什么关系啊?看样子,两个人像是差不多岁数,陈力伟好像喜欢张丽芬,而且好像是第一次打电话到她家去,听他支支吾吾的样子,还挺紧张的……不知道张丽芬是不是已经有男朋友了哦？真替他着急……

我默默地回想起高中时代，那些发生在自己身边的、男女之间小情小爱的趣事，不禁莞尔，要是明天他再打过来，我一定要向他道歉，告诉他昨天他打错了电话，而我因为寂寞，便和他开了个玩笑。

喝完牛奶，我躺到床上，刚翻开小说书看了不到一页，电话铃竟然又响了。

不会又是他吧？不是说了明天再打过来嘛……难道会是其他什么人？我急急忙忙起身穿上拖鞋，跑到客厅里，拎起了电话听筒。

"喂，请问是……"

"让张丽芬接电话！"还是同一个声音，但语气突然变了。

"我刚才不是和你说了嘛，她今天晚上不回来！"

"你别再撒谎了，我知道她早就回来了，是她不想和我说话，才故意叫你这么敷衍我的，你们以为我那么傻吗？"

"谁敷衍你了，说了不在就是不在！"

"我告诉你，我现在就在离你家最近的公用电话亭里，要不了七八分钟，就能走到你家大门口，到时候可别怪我不客气！你马上叫她接电话！"

一阵阴冷的气息从我心头掠过，"这个电话号码谁给你的？"

"当然是她自己写给我的啊！"

"我和你说实话吧，你打错电话了，这个电话号码是我家的，我姓刘，这里根本没有什么张丽芬！"我不得不说出真相，却觉得好像已经于事无补了。

"哈哈，你是不是年纪大了，脑子不好使了？这种骗人的话也想得出来？当我三岁小孩吗？"他的言语中带着激烈的嘲讽。

"你还是回去问问你那个张丽芬吧，让她给你个真号码，要是她不愿意给，拜托也别拿我家的电话号码敷衍你，真是倒霉！"

我把电话重重地挂断了，心里又郁闷又害怕，该不是碰到个偏激性人格的变态吧？他……不会真的过来敲门吧？要不报警吧……趁现在还来得及……

我不自觉地把睡衣紧紧裹在身上，犹豫着要不要打110，拖鞋里没穿袜子的两只脚冻得冰凉，我焦急地在客厅里来来回回踱着步，天哪，电话铃又响起来，吓得我一哆嗦，赶紧跑过去接听。

"喂?"我的声音瑟瑟发抖。

"对不起,刘小姐,刚才吓到你了,真不好意思对此我表示郑重的道歉。"

"你……"我有些不知所措地愣在那里,他的音调又回复到了与先前一样的礼貌谦和。

"是这样的……我是戏剧学院表演系的学生,最近休学在家,演技没处发挥,心里痒得难受,所以无聊的时候,就喜欢搞这样的恶作剧,解解闷嘛。其实根本没有张丽芬这个人啊,全是我虚构的角色,哈哈。"

"原来是这样……还真的把我吓到了……不过我自己活该,谁叫我也喜欢恶作剧呢。你问我是不是张丽芬妈妈的时候,我就突然想和你开个玩笑,哈哈。"我听到自己发出如此欢畅的笑声,不免心头惊了一下。

"可是你掩饰得不好啊,你的声音听上去那么年轻,显然不会有这么大的孩子嘛……"

"哪有年轻啊……没有的事……"我感觉自己脸上有些发烫,"对了,你是哪个戏剧学院的?"

"上海戏剧学院,我是上海本地人,怎么样?普通话标准吧?人家都说我有北方口音。"

"啊……我也是上海本地人啊,以前念书的时候,我加入过你们上戏表演系的课外俱乐部,还演过不少角色呢。"

"真的吗!那太巧了,我也经常演话剧,你演什么角色?"

"很多呢,哈姆莱特里的奥菲丽娅、革命剧里的秋瑾、圣女贞德、文艺剧里的萧红、还有我最喜欢的朱丽叶……"

"啊……好巧,我演过麦克白、奥德赛、也演过鲁迅、李大钊,我最喜欢的是演罗密欧和哈姆莱特!"

"那真的是好巧啊,我们几乎可以演对手戏了……"

"就是就是!嗯……那你平时都喜欢做些什么呢?"

"我婆婆病得很重,现在天天做家务伺候她,也没有什么自己的时间……偶尔抽空读读小说,听听音乐……"

"那我推荐你读一本小说,叫《献给阿尔吉侬的花束》,是个美国人写的。非常感人,我是逢人就推荐的。"

"我读过!是软科幻啊,我超喜欢这本书,读到最后泪流满面……还有日本作家的石黑一雄的《别让我走》,这两部是最经典也是……"

"也是最催泪的软科幻……"

"……你知道石黑一雄?"

"当然啦,我读《别让我走》的时候也流泪了,别嘲笑我啊……"

"怎么会呢……他写的书都用情很深……"

"是的,而且我看的时候,背景音乐还在播放 secret garden 的曲子……你想想,这氛围……"

"天哪,我昨天晚上还在听 secret garden,我把他们乐队所有的曲子都归在一起循环播放的……"

这时,两人安静下来,谁也没说话。

"还有那个……我不叫陈力伟,我叫杨锐,陈力伟是我念初中时最讨厌的数学老师的名字,你问我是哪位的时候,我就拿他的名字出来做坏事,哈哈。"

"你可太有意思了,讨厌的人,才真的记忆深刻吧?"

"那是当然……"

又安静了一会儿。

"另外,我跟你说件事,其实张丽芬是我妈妈的名字……"

"哦?这样啊……"

"嗯,我爸爸妈妈很早就离婚了,后来爸爸再娶,就有了自己的生活。妈妈前不久生病一直昏迷，医生说她很难再醒过来了，也就是……成了植物人……我这次休学是被迫的，因为妈妈实在没人照顾……"

"没想到你每天也同样做着伺候病人的事……"

"我实在受不了这种没有意义、一眼望不到尽头的日子，所以……我刚才把我妈妈勒死了……我想，这样，我和她都能得到解脱和自由……"

"你……"我突然不知道该说些什么，好像说什么都不太对。

"你猜猜我用什么勒死她的？"

"这……我不知道啊……"

"是一条风衣的腰带……"

"哦……是吗……"

"你猜我妈当时挣扎了没？"

"啊……"

"哈哈哈，看看，又把你吓到了吧，跟你说，我又在技痒啦……刚才是表演部分，哈哈……我妈现在正坐在电视机前看连续剧呢，我暂时休学，只是因为想潜心写一个剧本而已。"

"你吓死我了……哎呀……真是的……"我总算喘出

一口气来。

"对了，还没问你叫什么名字呢？可以告诉我吗？以后，我们可以经常打打电话，交流交流读过的小说、听过的音乐什么的……"

"那个……我想……还是不用了吧，你现在就应该专心致志地写剧本，不要浪费时间，争取作品能够一鸣惊人……"

"别啊……我真的很难得遇到一个和自己那么相似的人……"

"还是……不要了……就这样吧，祝福你前程似锦啊！"

"可是……"

他似乎还想说些什么，可是我已经把电话挂掉了。

因为我知道，刚才，他并没有真的进入表演部分。

因为我知道，他真的勒死了他妈妈，用一条风衣的腰带。

因为……因为我们是那么相似的人。

我走进婆婆的卧室，看着她安安静静地躺在床上，胸口早已没有了呼吸的起伏。在接到杨锐的第一个电话之前，我已经为婆婆穿戴一新，让她平平整整地仰卧着,再为她盖上洁白柔软的被子。

我默默地看了她一会儿,随后捡起扔在地上的风衣腰带,卷成一团,走进衣帽间,放回原处。

写给小薇

小薇，

你在干嘛？

我刚刚吃了药，估计距离这药开始起效，还有一点时间，就想着给你写封电子邮件，和你说说话……

告诉你呀，我新买了个床垫，灌水的那种。一躺下去，里面的水就"咕噜噜"地晃荡。我在床垫里养了几条红色的小锦鲤，它们好活泼啊，一刻不停地在水里游来游去，摇头摆尾的时候，总戳到我的屁股和脊背，好痒痒的，真想笑。

刚才，就在我翻箱倒柜找药的时候，听到楼下有一个年轻女生一直在喊："小贝！小贝！你在哪里啊？"她不停地喊着，声音又响又急切，当时我猜，一定是哪个新手妈妈弄丢了自己顽皮的小孩吧，天色这么晚了，她该有多着急啊。后来，过了好一会儿，终于听到她说："小贝，原来你在这里啊，总算找到你了！"太好了，替她松了一口气，我从窗户内侧探出头去朝楼下张望，看到楼下的花丛中，站着一只胖乎乎的大白猫，一个穿短裙的女孩子蹲在白猫的身边。"我们快回家去吧，以后晚上可别再乱跑了，害我担心了半天，真是的……"只见大白猫翕动着它的小嘴巴，对那女孩子说道。哈哈，你说这算不算是出乎意料？

对了，跟你说件气人的事情，前些日子，我把我所有的积蓄都捐给了流浪猫爱心基金会，结果他们的基金总会经过统筹安排，竟然把捐款的三分之二拨给了重病儿童救助中心，而且他们事先根本就没有征得我的同意，等到他们最终想到要通知我一声的时候，拨款的事情已经定下了，我再不同意也没有用了。你说他们怎么能这样做事情呢？我明明是把钱捐给流浪猫的呀，重病儿童管我什么事啊？你说气不气人，这也太不尊重捐赠人意愿了，唉……

OK，现在我把灯都关掉了，周围好黑啊……小薇，我很想念我的爸爸妈妈……你知道吗，那年圣诞夜，我才四岁，一心想要看看真正的圣诞老人长什么样子，于是我偷偷在床前挂着的圣诞长袜上涂了好多强效敌敌畏（也可能不是敌敌畏，总之是很厉害的一种药），结果第二天早上起来，我发现圣诞袜里，塞满了漂亮的、粉红色的礼物包装纸盒，可却还是没看到圣诞老人，我很沮丧，就跑到爸爸妈妈的卧室里，想寻求他们的安慰，却发现他们俩躺在床上一动不动，后来才知道，他们当时已经死掉了……假如我那时没有这么大的好奇心就好了，爸爸妈妈现在肯定还活着，肯定还和我在一起……小薇，我好后悔……每当我想到余生中的每一个夜晚，我都将独自在黑暗的包围中沉沉睡去，心里就突然感到很害怕，我是多么留恋白昼里的光啊，那么明亮、夺目，就像你结婚那天身上穿的白色婚纱闪耀出来的光一样。还记得那天吗，我们到了教堂，婚礼仪式就要开始了，你突然说想上厕所，我紧紧抱着你的大裙摆，生怕它一不小心掉进脏兮兮的蹲坑里去。你一边尿，我一边笑，尿完以后，我们俩人小心翼翼、亦步亦趋，终于保住了婚纱裙的名节。

想起来觉得真有意思，那时候，我们好年轻啊，每天都神采飞扬的。

嗯……感觉有点困了，眼前出现了一阵阵重影，头晕晕的……可能刚才吃的药开始起效了……你说我厉害吧，四岁时藏起来的药,到现在还留着呢。

我按"发送"键了哦……再不按,等一下没力气按了,呵呵……

小薇,别忘了想我哦……

戏

（一）

张海鹏犹豫了挺久，才终于决定拨打这通电话。

"您好，这里是'为您解忧'私人定制服务中心，请问有什么可以帮到您？"

"额……您好您好，是'为您解忧'服务中心是吧？"

"是的，请问有什么可以帮到您？"

"我……我在生活里遇到了一点问题，不知道该怎么解决，想请教请教你们啊……"

"能帮到您是我们的荣幸，请问先生怎么称呼呢？"

"我姓张，张海鹏。"

"好的，请问张先生遇到的是什么样的问题呢？能简要告诉我们一下吗？这样方便我们及时为您整理出书面的解决方案……"

"是这样的……我和我爱人，相差岁数比较大，她差不多……小我十八岁吧，当初结婚的时候，我为了表达心意，在我家祖宅的房产证上，加了她的名字，现在这栋老别墅呢……市场价格也比较高了，可是从去年开始，我发现我爱人她……她……"

"她是不是出轨了呀张先生？"

"对对对，就是这个意思，然后……那个男的，居然还是我的学生，额……我先说明一下啊，我呢……是国文大学古典文学系的教授，他是我的助教，年纪和我爱人相仿，所以……我是很伤心的，我打算和她分开过，但是房子……那个房子……"

"是不是因为房子的产证上有她的名字，所以要是你们离婚的话，她就得拿走一半钱？是这个意思吗？"

"对对对，就是这个意思……主要是呢……这个房子是我家里上一辈留给我的，我觉得……觉得呢……"

"您觉得就算您离婚了，不管房子本身还是房子卖了置换成钱，都不能给您爱人占了去，是这意思吗？"

"对对对，就是这个意思……我主要就是不知道……要怎么样安排，才能既和她分开，又能让她主动放弃那部分财产……"

"张先生，您的意图我们已经清楚了，我们的工作时间是周一至周日，上午八点至下午六点，我们会在两个工作日内为您拟定解决该问题的初步计划书，届时，请您来一趟本中心，由我们的项目经理廖小姐和您具体商议沟通计划的实施细节。此外，计划实施前预收百分之五十服务费，计划实施成功后，收取后百分之五十，总服务费约为人民币五万元，结合具体实施过程中所需支出的实际金额或需再作调整，您看可以吗？"

"可以可以，我两天后就过来，先把该付的钱付了，然后具体怎么实施，我们确实要再好好商量。"

"好的，这里已经为张先生您的信息整理完毕，感谢您的来电，如有任何其他疑问欢迎随时与我们联系。"

"好的好的，谢谢你谢谢你……"

"不客气，'为您解忧'私人定制服务中心，期待张先生的光临，再会。"

（二）

两天后，张海鹏带上信用卡，如约推开了"为您解忧"私人定制服务中心那扇浅绿色的玻璃门。这是一间不大不小的办公室，稀疏地排列着几张工位，一个大学生模样的女孩子迎了出来。

"先生，请问您有预约吗？"

"有有有,我姓张,张海鹏。"

"哦,张先生是吧,请进来随便坐,去通知一声廖经理。"女孩子的声音很耳熟,应该和那天接听自己电话的是同一个人。

"好的,麻烦你了。"

不一会儿,女孩示意张海鹏跟着她走进了隔断里面的一间小办公室,坐在办公桌对面的是一位长发美女,虽然只是很随意地穿着一身浅灰色的休闲运动装,但看上去却非常有专业度。

"张先生您好,我姓廖,是这里的老板,也是项目的主要执行人。"廖经理伸出右手,言语间透出一种职场人的自信。

"廖经理……你好你好,没想到你们这里……是娘子军团啊……"张海鹏礼貌地轻握了一下她的手。

"军团可是还算不上啦,创意小作坊,哈哈,一般都是小林秘书拟计划稿,我陪客户完成执行。"廖经理看了一眼身边那个女孩子,"小林,把计划书的初稿给张先生看看吧。"

"好的,张先生您先看一下,重点是括号内红笔提示的部分,都是现在需要您和我们一起完善的内容。"

张海鹏接过两页A4打印纸，认认真真读了起来，"这里……爱人姓名，我爱人名叫孙倩倩，我那个学生……叫刘志强。"

"好的，孙倩倩，刘……志强。"林秘书一边轻声确认，一边在她的笔记本电脑上飞快地输入着。

"额……'您爱人饮食上的特殊习惯'……特殊习惯……"张海鹏皱起了眉头。

"比如，她特别喜欢吃点什么，喝点什么，或者她特别讨厌吃点什么，喝点什么……之类的。"廖经理补充道。

"哦对了，我爱人……她非常非常喜欢喝香槟酒，每天都要喝上好几杯，不像我，只是睡前喝个半杯助助眠……这算不算？"

"算，当然算，这信息很重要呢。"廖经理回答道。

"嗯……她不喜欢喝冰的东西，一年四季从来不碰，夏天也喝常温的。这个正好跟我相反，我喝什么都喜欢加点冰……"

"明白……"林秘书回应道。

"而且……"张海鹏用舌头舔了一下上嘴唇，"而且，每次他们俩人……就是那个……在一起了过后，我都会发现家里面多出一两个香槟酒的空瓶子来，所以……刘志强肯定也喜欢喝，而且酒量还不错……"

"很好很好……"廖经理用圆珠笔头敲敲她手上的另一份计划书复印件，小林秘书的手指依然飞快地在电脑键盘上敲击。

"额……'他们幽会的时间和地点'……这个我不能完全确定，但是有一点我很清楚，就是每个月我都要定期去一趟'杭州大学'开会，晚上是住在校内宾馆不回去的，这个时间段，他们肯定会……就在我家里面，而且肯定还过夜了，明目张胆的！"

"你怎么知道他们……还过夜？"廖经理反问。

"每次我第二天回到家里，都是杯盘狼藉、酒瓶空空，卧室里还有一股很浓的、好像是香水味和酒精味混合在一起的那种气味，你想想，每个月的那天都是这样，她还装得跟个没事人一样，真以为我是书呆子了。"

"不错不错……张先生您别动气啊，您想想，再过不了几天，他们的快活日子，可就要到头了呀。"廖经理见张海鹏说着说着有点激动，便安慰起他来。不一会儿，小林秘书从打印机里取出几页新的计划书，交到张海鹏手里。

"你们……你们确定演这样一出戏,就能让她自动缴械,放弃财产?……"张海鹏仔细地看了一遍新计划书,不置可否地问道,语气里似乎充满了困惑。

"放心吧,您就按照上面写的来演,记住,表演越逼真,效果越好,明白了吗?"廖经理一边说着,一边把安眠剂、注射器、微型窃听仪、长砍刀、针孔摄像头、粗麻绳等等一大盒东西递到张海鹏手里。

"那行,我全听你们的。"张海鹏小心翼翼地将东西收好,抱在怀里。

(三)

转眼,又到了去"杭州大学"开会的日子,隔天夜里,张海鹏偷偷把自己从服务中心拿来的所有东西,都各就各位安置完毕,到了第二天清早,他便和往常一样,吃过早饭,提着小旅行袋和公文包准备出门。出门前还特意关照孙倩倩,晚上自己睡觉前,别忘了锁好门窗。孙倩倩笑盈盈地答应着,忙不迭地把他送上了车。

张海鹏装模作样把车开出了住宅小区,一个掉头,便朝私人定制服务中心的方向驶去。他和廖经理说好了,在她办公室里会合,此时,家里的监控探头、窃听器材都已经开始正常工作了,张海鹏的情绪,也渐渐进入了备战状态。

"看看,你老婆去拿香槟酒和玻璃杯了……"廖经理用手指指办公室里的电脑屏幕。

"嗯……"张海鹏应了一声。此时的他,听着窃听器里不断传出的莺声燕语,只感到心头羞愤的怒火一阵阵往上窜。这下好了,原本羞于见人的事,竟然成了公开直播,所幸廖经理和小林秘书都是专业人士,她们一心致力于为客户解决实际问题,对于各种私密,例如眼前种种,估计也早已见怪不怪的吧。或许……类似的委托案例还挺多的吧……张海鹏心里想着,又瞥了一眼电脑屏幕,便走开了,他恨不得把自己的耳朵和眼睛用泥巴封堵起来,好不要让这种龌龊之事沾污自己纯洁的视听。

"张先生,您就忍一忍吧,想想您的房子值多少钱,想想等一会儿要怎样好好发挥,才能把它全须全尾留在您一个人的名下,这才应该是您此刻的关注点呢。"廖经理提醒道。

"是,你说得对,我没什么,我可以忍的。"

又过了大约半个多小时。

"几杯香槟已经下肚了，药效也差不多了，我们准备出发吧。"廖经理狡黠地眨了眨眼睛，甩甩长发，一声令下。

由林秘书开车，廖经理坐在她旁边，张海鹏一个人坐在后座上，车稳稳驶离车库，没过多久，张海鹏最熟悉的那个家，已在眼前了。

"放心吧，我们会随时关注你们的动向，适时出击，您尽管演好您的戏就行。"

"好，那……我开始了。"张海鹏推开车门，一脚跨了出去。

(四)

眼前，是这间本属于张海鹏自己的卧房。

他站在床前，因怒意和妒意而浑身颤抖。他迅速拿出藏在厨房煤气柜里的一大卷麻绳，分别把这两个正酣睡在床榻上的、赤身裸体的奸夫淫妇五花大绑起来，然后仔细确认了自己打的死结足够紧实，是他们无论如何也挣脱不了的，最后，从洗手间里盛来一脸盆冷水，朝他们劈头盖脸泼了过去。

这对突然被冷水冻醒的野鸳鸯，一边打着冷战，一边迷迷糊糊睁开眼睛，发现自己被绳子捆绑住了，便拼命挣扎起来，使了好一会儿劲，才猛然发现，他们眼前竟然站着一个人，他手里握着长度惊人的一把明晃晃的砍刀，目光里仿佛有火要喷射出来一样。

"你们……你们这两个无耻的人，一直把我当个老傻瓜在玩弄吧？是不是很有成就感？狗男女……"

"老公……你……不是去杭州了么……"孙倩倩瞪大了眼睛，慌乱地看着张海鹏。

"孙倩倩，我们结婚那么多年，我对你怎么样你心里应该很清楚，为什么要背着我，做出这么不要脸的事？！……还有你，刘志强，你是我的助理，跟了我这么多年，我那么信任你，一直不忘记成就你，甚至让你成为我著作的第二作者，你怎么能做出这么背德的事情，来羞辱你的老师？！"

孙倩倩和刘志强默不作声，两人的眼睛直直地盯着张海鹏手里那把长砍刀，赤条条的身体吓得瑟瑟发抖。

"好，很好，你们不愿意回答是吧？没关系，既然不愿意回答，那今天我就来个玉石俱焚，我坦白告诉你们，我活到这把年纪，该有的成就和名望也都已经有了，我是活够本了的，所以我最不怕的就是吃官司，死不死刑的我无所谓，懂吗？……"

"张老师……您……您千万别冲动……您……您就原谅我们吧……我们……我和倩倩之间，不是贪图情色的那种关系……我们……是真心相爱的，求你看在'真情抵万金'的分儿上，开开恩，放过我们吧……"刘志强恳求道。

"对啊对啊老公，其实你一直不知道……我虽然非常景仰你，崇拜你，但是……志强才是我唯一心爱的男人啊……如果你愿意成全我们，我们一辈子都会感激你的……"孙倩倩泪眼蒙眬。

"你们想得美！我做了大半生的学问，一直以来，都坚持恪守高尚的品格，所以才能在文学界内外都获得大家的尊敬，到了今天，也算是功德圆满。我杀你们，为的是洗刷掉玷污在我身上的耻辱，就算要搭上我余生的性命，又有何妨？"张海鹏说着，一把举起砍刀，架在孙倩倩的脖子上。

"老公！！老公不要啊！我刚才说的都是骗你的！是他！是刘志强趁你不在家的时候强暴了我，之后还三番五次骚扰我，他还威胁我说，如果我不顺从他，他就把你还没公诸于世的学术成果，全部卖给其他大学的学者！他说他会让你威望扫地啊老公！我是没有办法才被他控制的！其实我心里一直深爱着你，我是想保住你的学术地位才不得已委身于他啊老公……"

"倩倩……你在说些什么？！……"刘志强不可置信地望着孙倩倩，目光中充满了惊惧与绝望。

"我在说些什么？我在陈述事实啊！本来就是你强暴我，威胁我的，我和我老公要去告你！！"

"你怎么能编出这样的谎话来？……明明是你主动勾引我的呀！！张老师，你听我说，确确实实是她一次又一次主动勾引我的，我当时一直不为所动，后来有一回，你知道吗？她……她趁你去上厕所的那一会儿工夫，竟然……竟然用手摸我的裤裆……"

"哈，看看，说得好像自己才是那个受害者似的，既然你们俩都这么在理，那……各自都有什么实际证据没有？"

"我有证据！张老师，我有实际证据！"

"什么实际证据？"

"就是……就是你晚上喝香槟的时候，千万别放冰块！"

"冰块？为什么？"

"因为冰块里有毒!!孙倩倩一直跟我说,你又老迈又古板,和你在一起生活那么多年,就像天天抱着一把枯树枝。为了能够摆脱你,和我远走高飞,她在自制的冰块里凿了个小孔,小孔里装的……是用透明糯米纸包裹起来的固态氢化物,而且,她还很狡诈,整桶冰块里,铺在最上面一层的,是普通冰块,下面的才是毒冰块!她知道你喜欢喝凉的东西,所以就在冰块里动了手脚,而且正巧就是昨天刚做的!她趁你出去上班,一个人躲在厨房里做的!不信,你可以把那桶冰块拿给警察去化验!……"

"刘志强你!!……老公……你原谅我……原谅我行吗老公……我年纪轻、轻佻、耽于幻想,所以才会犯这样的糊涂,看在我们这么多年夫妻的情分上,你放过我,别让警察把我抓走,好不好?……只要别让警察把我抓走,你随便要我怎样都行,好吗……老公?……"

"OK!就演到这儿吧,完美。"此时,廖经理和林秘书突然破门而入,"张先生,所有我们在法庭上需要的声音和影像证据,都已搜罗齐全了,计划圆满完成。"

只听"啪"的一声,张海鹏把砍刀重重地扔在地上,他长长地舒出一口气,然后便独自呆坐在地板上,一句话也不说。按理讲，此刻颜面无存的应该是那两个人，可不知为什么，他却感到心里有一种脱光了衣服被人看得一清二楚的无地自容。他其实也很想知道，廖经理究竟为什么会那么确定，确定在孙倩倩的心里，必定藏着某些隐蔽而危险的猫腻，但是，他不知该如何发问，也似乎很难问得出口，或许是丰富的计划实施经验累积，帮助她作出了一系列推演？也或许是"同样生为女人"的那种直觉力，致使她一开头便认定了这一点？

"好了，等你们办理协议离婚手续的时候，她肯定不会顶着谋杀未遂的罪行被揭露的风险，来和你争财产的，放心吧。"廖经理拍了拍张海鹏的肩膀，"您也别想那么多了啦，虽然……是难堪了些……但至少，房子守住了呀……"

飞　毯

小时候流行过很多玩具，溜溜球、塑料的陆军兵团模型、扣动扳机就会闪起灯光发出"突突"声的金属手枪和步枪、手掌游戏机、呼啦圈……不过我最喜欢的，还是飞毯。

邻居家的小姐姐有一条栗黄色的飞毯，她午饭后会坐着它飞出去溜一圈，大约半个小时后飞回来午睡。我爸爸给我买了一条粉红色的。它不算很大，大约够坐两个人，我个子小，一个人坐着宽敞极了。

飞毯大概两厘米厚，绒毛很密很短，光脚踩上去就像踩在新买的大浴巾上，又软和又光洁。操作也很简便，它完全没有首尾之分，我甚至可以横着坐、趴着、躺着也都可以。因为飞行的方向、高度、是否转弯以及什么时候转弯完全是靠意念控制的。也就是我心里希望它怎么飞，它就会直接接受指令然后执行。

这比我们上一辈人学开车要简便得多，那时候考驾照是个麻烦事，一不小心就会被要求重考，我姑妈考了一年才考出来，拿到了驾照却怎么也不敢把车子开上拥堵的马路，这样的人多得是。

自从有了飞毯以后，我也不怎么骑自行车了，毕竟飞毯速度快啊，而且不用时时全神贯注把着手柄，以免不小心撞到了什么。更让我着迷的，是飞毯可以把我带到很高很远的地方去。我常常在厚厚的白色云层里穿梭，被我挤散的小云朵碎片总是顺着我的呼吸跑到我鼻孔里去，再从嘴里掉出来，有一股甜甜的奶香味。我喜欢飞得再高一点，用手指去戳戳蓝色的天空，想抠抠看这蓝色是不是像房顶的涂料一样能被我抠下来一块。

我也常常让飞毯带着我从西湖的湖面上飞过，湖水碧波荡漾，经常有骷髅般高瘦的火星人在湖边野餐、晒日光浴，我爸爸说他们小时候关于地球上究竟有没有外星人来过这是个很有争论的话题，不过到了我们这一代，火星人、水星人和地球人之间无障碍通行的政策早就实施了，大家都当自己国家多了一群外国人经常会来旅游，很快就见怪不怪了。

那些日子，我跟随着邻居家小姐姐的飞行攻略去了很多地方，看到了金色的沙漠里的高塔、路过绿色的小人国、穿越进紫色的大瀑布,远远地望着死去的亲人们生活的地方却没有勇气前去探望。我和我的飞毯掠过无数山谷、海峡、田庄、农家,低飞时能看见鸡舍旁几只褐色的麻雀在麻秆堆里啄食,高飞时六角型的白色雪花纷纷扬扬洒落在我肩膀上。

然而这些记忆日渐遥远,尘封在我的日记本里也不过只是其中的若干篇章。没多久后,飞毯和其他玩具一样过时了,我也很少再驾着它远行。月球星人和我们分享了他们新推出的儿童玩具——旅行飞碟,能瞬间从一个星球转移到另一个星球,比飞毯的速度更快、效率更高,他们给出的零售价格也很合理,爸爸给我买了一个绿色的,我又入迷地疯玩了一阵子,飞碟的技术含量更高,去的地方也更高远辽阔以至于抵达了宇宙的边界,但不知道为什么,等我长大成人以后,每每回忆童年的时光,飞毯带我去过的地方会更多地闪现在我脑海里,有的时候,还会深深沉入我的梦乡。

刘大成的升职梦

在派出所工作也快二十年了，刘大成绝对是属于那种群众基础特别好的民警，不仅辖区周边的居民们称赞他，就连终日游荡在马路上的拾荒者也个个觉得他可敬可爱。要问其中缘由，那还得从去年的冬天说起。

去年的十二月特别冷，那天本来是休息天，结果刘大成在家里和妻子方慧大吵了一架。方慧想和高中同学一起去欧洲旅行，但看到两人存折上的数字，心里又纠结起来，她责怪刘大成在派出所干了那么多年，还是个普普通通的警务人员，一点也没有上进心，和他同年警校毕业的老同学，都当上副所长了。刘大成听了特别来气，哪里是自己没有上进心啊，分明只是没有碰上好的机遇而已。两人闹得不欢而散，方慧蒙头躲在被窝里哭，刘大成恼火地摔门而出。

一个人走着走着，不知不觉进了公园。暮色将近，公园里一片幽暗与冷清。这时他看到不远处有一簇明晃晃的光亮，走近一看，是个衣着褴褛的中年男人在用公园里的废弃树枝引燃篝火取暖。出于职业本能，刘大成第一个想到的是这样燃火很危险，便脱口而出——

"喂，这里不允许烧篝火，赶快灭掉！"

中年男人抬眼看了看他，继续往火里扔树枝。

"跟你说话听见没有？要不要我把你逮到派出所里去清醒清醒？！"

那男人的手突然停了，朝刘大成跑了过来，"原来你……是警察啊？"他似乎是怀着兴奋之色看着刘大成，黝黑褶皱的脸被火光照得显耀出了光彩。

"是啊，我可是老警察了，你不服从训诫，分分钟把你抓进去。"刘大成心里掠过一丝得意。

"警察同志，我想问问你啊……你看这火，也生得挺旺的，而且我还不服管教，像这种情况，能不能把我抓进去时间久一点，别教育几句就又把我放出来？……"

这话把刘大成问懵了，"你神经病吧，人家都是害怕被抓进去，你怎么反而想要被抓进去？而且还要进去久一点，想什么呢？！"

"我……没去处，身上也没钱，实在是太冷了，我怕自己……会熬不过这个冬天……"

刘大成惊愕之余，这才仔细打量起了眼前这个男人来。只见他身上还穿着初秋的单衣，宽大肮脏的旧衣服，显然是不知从哪里捡来的，挂在他枯瘦的身体上，显得又寒酸又滑稽，领口和袖口都已经磨出了毛边，薄薄的长裤底下，拖着一双墨绿色的破球鞋，脚拇指的地方已经开裂了，寒风灌进去，可想而知有多冷。

"你平时……是靠行乞为生的吧？"

男人点点头，不好意思地把目光转向了别处，"天暖和的时候，我一直睡在这公园的长椅上，你还别说，看着星空，还挺浪漫的。只是现在到了冬天，身体抵不过了……就想着……要是有个地方，能给我一天吃上两顿饱饭，睡觉的时候，能有个床铺，有条棉被，让我熬过这大冬天，我就心满意足了。"

刘大成听了，心里涌起一阵酸楚，"我刚才也是随口一说，就燃个篝火什么的，也构不成什么必须得送去劳教的大罪，估计你的想法，是要泡汤了……"

"我其实心里也知道……随口问问罢了，唉……"

"对了，你以前，有没有什么犯罪前科？"刘大成不知道自己为什么会问出这句话，他此时突然意识到，这句话不属于自己正常的理性思维。

"年轻的时候……偷过公共汽车上一个女人的钱包，被当场抓个现行，他老公狠狠地揍了我一顿，还把我送进去拘留了两个礼拜……"

"你有偷盗前科，那就好办啊！……"刘大成感受到了自己的反常，非理性思维正带着他的真性情一路狂奔。

"什……什么意思？"

"你这次，可以再去偷个东西，要偷贵一点的、值钱的东西，然后我假装把你抓住，扭送进去，你再假装反抗，誓死不从，这样……估计能进去不止两个礼拜……"

"这主意是好主意，就是……"

"怎么？"

"说出来不怕你笑话，自从那次挨了揍以后，我像是害了恐惧症一样，再也没那个胆儿去偷人家东西了……我早先也不是没想过，干上几票，弄点钱花花，可还没动手，就怕得要死，怕得我脚都发抖……"

"那……估计是真没法去偷了……"

"要不，你就帮忙帮到底呗……"

"怎么个帮到底？"

"你去偷啊，偷到了，算在我头上，这问题不就解决了吗？"

"狗屁！我是一名堂堂警务人员，你叫我去偷东西？？"

"你想啊……其实这件事，不但对谁都没有损失，而且对谁都有好处，你缴获了赃物，还给店主，店里就没有损失，还为你在群众当中赢得了好名声，我呢，被抓进去了，这个冬天就不用挨冻了，说你拯救了一条人命不为过吧？那是多么崇高的事啊！再说你自己，捉拿了有前科的偷盗惯犯，你们领导可不得对你青眼有加？升职加薪是少不了的吧？……"

听到"升职加薪"四个字，刘大成的心，动了一下。

"这事吧……听上去是荒唐了些，但确实也是对大家都有益无害的，既然是对大家都有益无害的……倒也不是不能够考虑……"刘大成感到自己有些心虚，说话的时候避开了那男人迎上来的、充满期盼的目光，他能感受到一股灼热的能量在自己身体里翻腾，为了把意念中的那些心虚赶走，他问那男人叫什么名字，男人回答说叫"李飞"，刘大成继而大喝一声——

"李飞！你现在、立刻、马上把这堆篝火给老子灭掉！"

由于经常被方慧的奚落气得不想回家，所以无论是工作日还是休息天，刘大成都会跑来自己的管辖区域里游荡，他齐整地穿着深蓝色的制服，胸前佩戴着闪亮的银色警徽，一身正气的样子给在周边生活和工作的老百姓们留下了深刻而美好的印象，人人都以为他每天过来巡逻是出于对工作的严谨和热情，所以，当大家喊他一声"刘警官"时，语气里都包含着满满的亲切，所以，即便是刘警官独自路过中央商场时顺手掳走了专卖店里一条价值不菲黑色羊绒围巾，也保管绝对不会有人在意到他的举动。

几天后，刘大成带着被他"擒获"的小偷，去专卖店归还失物，李飞低着脑袋向店主连连道歉，店主笑逐颜开地向刘大成连连道谢，称赞他火眼金睛，是我们这个片区的保护神。刘大成把李飞送进派出所立案审查，李飞作为偷盗惯犯被顺利关押，终于，这个冬天，他不必在寒风刺骨的公园空旷之地上烧火取暖了，刘大成的心情莫名地激动，就像是为人类在绝境中生存倾注了自己的热血一样久久难以平复。

去年那个漫长的冬季，刘大成先后偷走了各家店铺里的一条羊绒围巾、一只机械手表、一套银制餐具、一枚宝石胸针和一个限量款的奥地利水晶玻璃杯，成功"抓获"五名盗窃犯罪分子入狱。正可谓"'坏事'传千里"，这些白天沿街讨生活、晚上饥寒交迫居无定所的"窃贼"们，都是继李飞之后，主动找上刘大成寻求帮助的，而刘大成，也从一开始的严词拒绝、心存犹豫，慢慢地，竟把这类事情看成了自己的功勋，从而已经能够愈发坦然、从容、骄傲地面对自己的内心。而且，事情也正像李飞当时所预测的那样，刘大成在短时期内数度成功擒获盗贼的那份功勋，确实引起了派出所所长的注意，他公开对这位大龄警员的能力与干劲给予了高度评价，号召大家向他学习，向他请教，为社会的稳定与人民生活的安宁作出贡献。在临近农历岁末的时候，所里新进来一位名叫张凯的小同志，刚从学校毕业不久，所长亲自把他带到刘大成面前，让他认一认自己的这位师父，希望他能跟着刘大成，在未来的工作中收获宝贵的经验和自我成长。春节前夕，刘大成拿到了一笔特殊嘉奖，他兴冲冲地回到家里把好消息告诉方慧，原本以为方慧一定会对他刮目相看，多多少少赞美他几句，可盼来的，却依然还是充满讥讽的冷言冷语。

"还特殊嘉奖呢，就给这么一点点钱，够干什么？不过你也只有这么点能力，反正……我已经认命了，同样是女人，人家老公年纪轻轻就升了副所长，薪资待遇不知道比你要高出多少倍，人家现在日子过得不要太滋润哦……"

刘大成没有接她的话，他默默地把装着奖金的信封放到抽屉里，感觉心中刚刚盛开的那朵鲜花，在一瞬间里枯萎成了焦黄。

随着春天的脚步渐渐临近，辖区里的拾荒者们也开始舒缓起各自蜷缩的身体，再也没有人找上刘大成主动要求关进监狱里取暖过冬了，春季之后，紧接着又迎来了炎热的夏季和凉爽的秋天，倏忽间一年过去了，刘大成在抓获盗贼的这项丰功伟业上，迟迟没能再创佳绩，所长也因为公务繁忙，渐渐忘却了他在上一整个冬季里，所建立起来的那些功勋。要说薪水，是涨了些，不过李飞只说对了一半，因为关于刘大成心里迫切想要获得的职位提拔，却是连个影儿都还没有的事，尤其是当他在道听途说中得知，副所长因为心脏疾患不得已决定提前退休这一消息时，他的内心忍不住默默地为自己哀叹，如此绝佳的机会，以他四十出头的年纪，以他那么多年来收获的工作经验和自身优异的个人素养，晋升到这个位置理应是再适合不过的了，也许只是因为自己迄今为止，还没有机会为所里作出某项特别突出的贡献，作出那种……能被领导交口称赞、能让同事心悦诚服、能使自己一跃成为接任副所长职位的不二人选的——突出贡献。

春去秋来，四季流转，今年的冬季，依旧天寒地冻。自从去年和李飞有过交集之后，刘大成对自己辖区里的拾荒者们多了格外的关注，他时常观望他们日常的生活状态，有哪些个在这几条街上乞食过活，又有哪些个在那几段路上颠沛流离，慢慢的，他们那一张张布满苍痍的面孔都印进了刘大成心里，成了他素昧交往过的熟人们。

有一天傍晚，刘大成向张凯交代完下一周的工作任务，正准备下班回家吃晚饭，他在人行道上走着走着，听见身后传来一个声音喊住了他，刘大成回过头去一看，是经常出没在这条街上的一个老乞丐，他穿着单薄的灰色旧棉衣，棉衣的纽扣已经掉得差不多了，领口敞开的地方，用一条几乎洗脱色的蓝麻布长围巾裹了两圈，围巾边缘凌乱的流苏，在寒风中轻轻地飘扬着。

"老伯，刚才是您叫我？"

"是啊……刘警官……"

"找我有什么事吗?"

"刘警官,大伙儿都知道你是个善心人……"

"有什么需要,您就直说吧,看看我能不能帮上忙……"

"那些个小伙儿,都被你安排进去了……真好……"

"哦,原来您也是为这事啊……"

"对对对……要麻烦你了刘警官……"

"这样吧,我先找机会安排着,等安排妥当了,到时候过来找你,天气太冷了,你年纪大了,我懂的……"

"不过刘警官……我的想法跟他们不大一样……"

"怎么了?"

"我是想……进去了之后,就呆在里面,再也不出来了……"

"啥?你这是打算进去养老?……"

"算是吧……"

"可……就算是偷了金子,也判不了终身监禁啊……"

"那如果……是杀个人呢?"

"你说什么?……"

"你看,我们国家是没有死刑的,我要是真杀了人,弄到个'终身监禁'应该是不成问题的吧？"

"你……你打算杀了谁？你有仇人吗？"

"不是……不是我杀，我哪行啊，你帮我杀一下呗，他们……他们不都是你帮着偷来东西的么，怎么，到我就不行了？……"

"狗屁！我堂堂一名警务人员，怎么可能去做危及他人生命安全的事？！我告诉你，要杀人，还得你自己去杀，这事我可没法替你去做，再说了，你自己杀的人，这案件才有真实性啊，懂吗？"

"你……先别激动呀，先听我说完嘛。你看啊，首先，我们选的那个杀人目标，他肯定是个作风行为很恶劣的人，所以你杀了他，就是为民除害，他呢，就是死有余辜，所以说，你完全是做了一件顺应民心的大好事啊，对吧？其次，你把罪责全部推到我头上，我认罪后，就能如愿以偿在监狱里安度晚年了，你又多帮助了一个可怜人，算是积德积福吧？再有，你破获了一起凶杀案，这可多厉害啊，你们领导肯定给你记一大功，那将来你可不就更加前途无量了吗，对不对？所以总的来说，你做这件事，既保护了人民群众，也为你自己增光添彩了，我们皆大欢喜，多好啊！……"

"前途无量"四个字带给刘大成的震动，就如同去年的此刻，李飞说他肯定会"升职加薪"一样，这种字眼，如此铿锵有力地撞击着他的心灵，也许，仅凭一己之力破获杀人案，便是一项自己能为所里作出的、历年难遇的、能让自己一跃登顶的——特别突出的贡献。多么赤裸而真切的渴望啊，使得他那蠢蠢欲动的非理性思维，再一次大胆地越过了那条忠诚于世俗道德的规范红线。

"你要搞清楚，即便……即便我真的找到个大恶人要杀，那万一我失手被抓了怎么办？那不成了我被终生监禁了么，你又终身监禁不了……"

"绝对不可能！你刘警官要是诚心想办事情，那处理起来可是百分百妥当的，我们这里大家都知道的呀，你也不用那么谦虚去作这种假设……"

"好好好，那就算我答应你了，你打算让我去杀谁呢？"

"额……这我倒没认真想过……"

"你们丐帮圈子里，有没有什么道德败坏、十恶不赦之人啊？"

"没有……你们警察圈子里，有没有什么滥用职权、徇私枉法的人啊？"

"没有……"

"那你当警察这么多年，有没有遇到过一些漏了网的恶棍、歹徒之类的？"

"也没有……"

"那你生活里，有没有什么人让你恨之入骨……狠得牙痒痒……狠不得他立马、从此、永远消失的人啊？"

"好像……也没有……哦等一下，好像……是有一个。"

"那太好了！你看……我就说嘛……"

"我看你说话一套一套的，还会用成语，你……是识字的吧？"

"识的识的……念到初中一年级嘞……"

"叫什么名字？"

"王魁，魁梧的魁。"

"好，王魁，你听着，"刘大成从制服外套的口袋里掏出一本袖珍型笔记本和一支圆珠笔，他打开笔记本，在空白页面上飞快地书写起来，然后将那张纸撕下了递给王魁，"这个地址，就是杀人现场，你把它背下来后，这张纸拿去烧了。明天下午，我就能把那人给解决了，估计到了傍晚，警察就会找上你，他们要是问你，是不是你干的，你就说是，问你为什么杀人，你就说天气冷了，想弄点钱买衣服和被褥，没想到下手重了。听明白了吗？"

"听明白了，我都按你说的来答。"

"这个，你给我。"刘大成三两下抽走了绕在王魁脖子上的蓝麻布围巾，"我把你的围巾丢在杀人现场，假装是你慌忙逃跑时落在那儿的，这样，他们很快就会断定你是杀人凶手了。"

"有道理，你想得可真是周全啊……"

"行了，这里，"刘大成又从裤兜里摸出几张人民币，"三百块钱，你拿好，今天回去后，什么也不要多想，买上几瓶二锅头，弄两个好菜，把自己喝痛快了，然后倒头睡一大觉，好好享受你在这自由人间的最后一天。到了明天的现在，你的人生，可就不一样啦……"

"知道知道，我保管多喝上几瓶，又能定定神，又能把好日子先过起来，那词儿叫什么来着——一醉方休……"王魁接过钱，顺手塞进口袋里，"太好了，总算等到这一天了，想想心里都激动啊，以后……那可叫一个冬暖夏凉，一日三餐有得吃，干净床铺有得躺，刘警官，这一切可都仰仗你啊，你是好心人，我祝你将来升大官、发大财！"

第二天早上，刘大成在办公室里跟张凯聊天，他说，你师母听说我收了个徒弟，就一直特别想见见你，今天晚上，你要是有空的话，不如一起到我家去吃个便饭呗，张凯当然很乐意啊，说能吃到师母亲手做的饭菜，好有幸福感呀。下午的时候，刘大成趁着例行巡逻的时间，折回到了自己家里，他看见方慧一个人坐在沙发上看电视连续剧，明明听见丈夫回来了，却是眼皮也懒得朝他抬一下。刘大成望着她的侧影，想起两人刚结婚时的种种，那时候，方慧经常跟他说，以后，我们要买个大房子住，出门有司机接送，做饭做家务有阿姨代劳，还说她要办一张不限额度的信用卡。那时候，他一直以为，这些话，对他来说会是一种激励，后来才渐渐发现，这些话，对他来说是一种刺痛。

这些年来，妻子对自己的无视和鄙夷，反正刘大成也已经见怪不怪了，哼哼，等哪天我升职当了副所长，一定要再娶个年轻漂亮、脾气好的，另外，她还要崇拜我、仰慕我，要为自己嫁给了警界精英而倍感自豪。刘大成一边想着,一边志满意得地微笑起来,他举起玄关上摆着的一个瓷器大花瓶,"砰"地一声,狠狠砸在方慧的后脑勺上。

被沙发的海绵靠垫吸附了进去。房间里寂静无声,刘大成把王魁的围巾扔在门口,自己则跨过围巾,轻手轻脚地把门带上,独自朝派出所走去。

在办公室里假模假样地整理了一会儿文件,等到了下班时间,刘大成便和张凯两人一路说笑着,乐呵呵地往他家走去。到了家门口,刘大成很自然地摸出钥匙打开门,这时,跟在身后的张凯猛然间听到自己的师父"啊"地一声惊叫起来,他赶忙冲上前去护在师傅身旁,随即目睹到的那个场景,张凯的感受完全可以用震惊来形容,他拿起手机,立刻拨打给了今天夜里值班的同事,火速赶来的援兵们按程序处理着眼前的一切,他们告诉刘大成,从方慧头部血液的凝固程度和尸体的僵硬度可以初步判断,案发时间大约是在当日下午的一点至三点三十分之间。

此时,张凯注意到大门边的地板上,掉落了一条长围巾,便问刘大成,"师傅,这围巾是你的吧?"

刘大成走上前去看了看,"不是啊,这不是我们家的围巾……"

"那就怪了……不行,这得马上放进证物袋里保存起来,一旦找到嫌疑人,立即比对指纹。"张凯一边说,一边熟练地操作着。

"不过这条围巾……怎么好像看着那么眼熟啊……"刘大成的双眼,依然直愣愣地盯着那条长围巾。

"是不是你认识的什么人……以前带过它啊?不过……都已经那么破烂了……"

"等等,你让我想想,让我想想……"

"你有印象了?……"

"我记得……我每天巡逻的时候,总是看到一个老乞丐,好像他脖子上就拖着这么一条蓝围巾,长长的,而且看上去……挺破旧的……我好像听见其他小乞丐们一直'王魁王魁'地叫他……"

"该死的……这种人,亡命之徒啊,是不是天冷了想捞一票?……"张凯咬牙切齿道,"师傅,他在哪条街上混日子?我他妈的现在就去把他揪出来偿命!"

"那……那我跟你一起去……"

刘大成凭着自己那么多时日来对拾荒者们的关注,

很快，两人就找到了他们晚上用来过夜的废弃建筑楼群。

"王魁！出来！……"刘大成提高嗓门，装出哽咽而激愤的语调。

"王魁！王魁！出来！"张凯也跟着一路狂喊。

"你们找王魁啊？……你们……是谁啊？"一位拾荒的老妈妈在路灯的微光里探出了身子。

"阿婆，您认识王魁？"张凯问道。

"认识啊，都是住在这里的老人了，怎么会不认识？"老妈妈答道。

"他人呢？"刘大成急不可待地问她。

"昨天晚上，叫人给运走了。"

"什么运走了？你说说清楚，什么意思啊？"刘大成的追问，带着急迫的、压倒性的语气。

"我猜他啊，大概是想过好日子想疯了，昨天一回来，手里就拎了好几个凉菜，还有四五瓶白酒，他还跟我们说，自己遇上好人了，以后啊，要开始过安稳日子了，所以今天得好好庆祝一下。"

"后来呢？"张凯追问道。

"后来……他好像实在兴奋得不行，一个人把买来的酒全喝下肚了，然后就自己躺到公共场所门口，不吱声了，我们都以为他喝高了，睡过去了，也没在意啥……结果，厕所斜对面不是有个居委会嘛，那里面有两个干部，大概下班晚吧，路过时正好注意到他，就走过来看看，一看不得了，王魁他……连呼吸都已经没了……唉，喝太多了，喝死了……"

"接着说！"刘大成几乎已经失去了耐心。

"后来没办法啊，他们打电话，叫殡仪馆的人过来，把他给运走了。"

"那是昨天晚上大约什么时候的事？"张凯问。

"就……就是昨天晚上呀，不信你问他们好了，大家都看见了呀……"老妈妈说不上具体时间，急了，瞪着眼，对着旁边几个小乞丐抬了抬下颚。

"师傅，不对啊……昨天晚上死了的人，怎么会在今天下午……把围巾落到你家的地板上呢？这里面，究竟是哪个环节出了猫腻？"张凯转过头，背着身子，在刘大成耳边轻声问道，"不行不行，师父，我脑子懵了，你快给我捋捋思路，快给我讲讲……师父？……师父？？……"

辉 辉 日 记

2021年8月7日，星期一，晴

今天天气真好啊，好想去游泳。虽然我刚刚学会不久，游得还不太好。

我去找姐姐，问她，姐姐姐姐，你带我去游泳好不好？姐姐摇摇头，说，爸爸说了，你现在最要紧的，是好好学习，他关照过我，不准带你出去玩，说那太浪费时间。

我很难过，就跑去问爸爸，爸爸，为什么姐姐可以出去游泳、去打羽毛球、去游乐场，却不可以带我一起去？

爸爸说，傻孩子，你是家里唯一的男孩子，男孩子是要继承家业的。你知道"继承家业"是什么意思吗？就是说，以后，等我和你妈妈都很老很老的时候，我们家里所有的钱，就都归你一个人啦。所以你现在要很努力地学习，将来考上最好的中学、大学，毕业以后呢，做一个很有能力的厉害人物，这样，爸爸妈妈才放心把这么多钱都交给你管啊。

那姐姐不和我一起吗？

你姐姐不一样，她是女孩子，女孩子嘛，将来是要嫁人的，就是……做别人家的新娘子，改姓别人家的姓，和别人一起生活。到时候，我们家只要出一点点钱给她带走就行啦。

唉，这就说明，我只能用功读书，永远都不能出去玩了……好失望啊……

2021 年 8 月 9 日，星期三，多云

今天爸爸妈妈都不在家，吃午饭的时候，我把爸爸跟我说的话都告诉了姐姐，我问姐姐，姐姐姐姐，你偷偷带我去游泳，不要让爸爸妈妈知道，我将来把家里的钱分你一半，好吗？

姐姐想了想，笑着答应了。我好开心啊！

2021 年 8 月 14 日，星期一，晴

昨天晚上，我和姐姐偷偷整理好了游泳衣、游泳帽、游泳镜、还有拖鞋、毛巾之类要用的东西，全部藏在姐姐的背包里,今天一大早,等爸爸妈妈离开家以后,我们也开开心心地出门了。

我们乘坐动车来到康城著名的水上游乐场,今天那里人很少,水也很清澈。我和姐姐说好要挑战深水区,下水后才感觉水流好湍急,我有点害怕,不敢游了,但姐姐鼓励我说,男子汉,要勇敢,想好的事,就一定要做到!姐姐还安慰我说,不用怕,姐姐就在你身后游,会保护好你的。

姐姐的话给了我勇气和安全感,我的双手离开了岸边,开始往两侧划动,两腿也自发地开始用力。

刚开始,只要掌握动作要领,一切就都还好。但是渐渐的,水流淌的速度越来越快,我感到自己好像陷进了一个水做的大漩涡里了,怀着求救的心情,我挣扎着往后看了一眼,啊……姐姐不在我后面,我后面一个人也没有……

实在没办法了,我只好闭上眼睛,心里默念着游泳课老师教我们的方法,拼命划水,一次一次用力蹬腿,经过抵死的努力,真不敢相信,我游上了岸,我胜利了!

这才发现,姐姐早已在岸上,欢呼着为我鼓掌。真棒，真勇敢，这么厉害呢，难怪爸爸让你继承家业呢！姐姐说。

后来，我和姐姐在浅水滩上又晒了一会儿太阳，便高高兴兴启程回家了。快到车站的时候，姐姐突然说，呀，我忘了给你买回程的车票了，不过没关系，我们上车再补票就行。

姐姐真粗心，来的时候只给她自己买了往返票。还好车很空，我们顺利补到了票。今天玩得真开心，姐姐说，下次等爸爸妈妈不在家的时候，就再带我去游泳。真是太棒了，我爱姐姐！

女生宿舍的一千零一夜（三）

春寒料峭的三月，持续走低的气温依然昭示着冬季对世间万物执意的眷恋。恰逢全球新型流感大爆发的特殊时期，各高校都实施了预防式停课封禁，但即便是避开人流天天躲在宿舍里，大部分师生也依然没能逃过病毒的侵袭。

"唉，也不知道要封禁到什么时候，我想回趟家也不行，彻底没有人生自由了……"赵燕躺在床上，抬起一条腿，脚底来回摩挲着蚊帐的网面，说话声音哑得像只老公鸭。

"就是呀，就算我们足不出户的，不也照样被传染上了嘛，据说这病毒是空气传播的，封不封禁有啥区别？"李佳盘坐在床中央，一边擦鼻涕，一边附和着说道。

"好了啦你们，忍忍吧……外面还是有很多人没感染上的呢，我们要是都随意出去了，岂不是害惨了他们？"

宋薇的社会功德心大爆发了。

"说得也是,主要是千万不能让老人传染上,他们都有基础疾病,要是引起并发症,命就没了,那还了得?"李佳回应道。

"道理是对的,只不过……这种连快递都停掉的日子,实在是太难熬了呀……"赵燕说。

"咦?你这么思念快递,要买什么好东西啊?"宋薇问道。

"也没什么……就……东野圭吾的新长篇上架了呀……"赵燕答道。

"啊?就那本《白鸟与蝙蝠》?上架啦?"李佳开始激动了。

"对啊……前两个星期就有得卖了,这不是现在没法买嘛……"

"看网上的宣传文案写得那么好,应该会很好看……"宋薇说。

"是呀,想读又读不到,搞得我心痒痒,呵呵。"赵燕说。

"话说东野圭吾这个作家,我其实还挺感谢他的,说他是我入坑日系推理的导师也并不为过。"李佳说。

"东野圭吾，他打开了我推理新世界的大门，我爱他！"赵燕一副神往的样子。

"你们还记得自己看的第一部东野圭吾的小说讲什么内容吗？"宋薇问大家。

"我看的第一部东野圭吾……我看的第一部东野圭吾的小说是短篇集啊，不是长篇啊……"赵燕回答道。

"我看的第一部是《嫌疑人X的献身》，看完后直接入了他的推理坑。"李佳回答。

"那本是很绝，从诡计到情感都很厉害。"宋薇也感慨道。

"短篇集是我把他著名的几部长篇都读完后再开始读的。"李佳接着说道。

"呀……说起来我都没读过他写的短篇哦……"宋薇惋惜地说，"因为我一直听大家说，比起长篇，他的短篇质量一般般哦……"

"那也没有，精彩的还是有那么几篇的……"赵燕说。

"那按照你的排序，最好的是哪篇？"宋薇问她。

"嗯……倒也不敢说一定是最好的……不过我记得有一篇好像叫《小小的恶作剧事件》，这篇我印象很深，是写人性的，很……不寒而栗……"赵燕一边回忆一边说道。

"哦，我看过这篇，看到结尾我倒抽一口冷气。"李佳回应道。

"哟……那你们讲给我听听，我都没看过……"

"赵燕你讲给她听。"李佳揶揄道。

"好，容我来叙述一下……内容是这样的，说男主人公阿良和达也两个人，从初中到高中一直都是非常要好的朋友，在念初中的时候呢，他们都是学校足球队的成员，当时，达也是足球比赛时的主力球员，他球技高超，长得也超级英俊，所以吸引了同班里最漂亮、学习也非常优异的女生洋子，两人后来渐渐就坠入爱河了。而相比之下呢，阿原的球技就不那么出众，学习成绩也一般般，他就像一个电灯泡一样，跟在达也和洋子身边，后来，三个人也如愿一起考入了同一所高中。

"可是没想到的是，在高中毕业前的一天，达也突然从教学大楼的楼顶坠落下来，当场身亡了，当时周围一个人都没有，所以大家都以为达也是自杀的，可是身为好友的阿原，他怎么也不相信达也会做出自杀这种事情来，于是他就开始努力地向周围人打听，想找出事情的真相。

"后来,阿原从排球队几个女同学的口中听说,达也当时一个人在高高的护栏上走来走去,然后突然,就像是失去了平衡一样,坠落了下来。据她们所说,达也下坠的时候,她们还看到有一样什么东西,好像闪了一下,很刺目。

"那究竟是什么东西在那个时候闪了一下呢?阿原决心一追到底,他再一次来到楼顶,准确估算了光源射出的位置,并拜托班里另一位同学帮忙查询该位置所在的那个教室,事发当天是谁留到了最晚。

"最终,在那个同学的调查后,一个叫美代子的同校高二女生浮出了水面。洋子告诉他,美代子一直都暗恋着达也,还给达也写过情书,达也不好意思亲自回绝美代子,就托付足球队的队友去向她澄清,并且帮忙婉拒她。没想到这件事被那个队友很快流传了出去,所有同学都知道美代子给达也写情书还被他拒绝的事情了,美代子当时感到颜面无存,她觉得达也的做法伤害到了她的自尊,所以那天,当她看到达也独自在楼顶徘徊的时候,就用手里的化妆镜反射太阳光,想让那个光点照射到达也身边,吓唬吓唬他,没想到达也因为看到刺目的光点而分了心，以至于身体失去平衡，从大楼顶部坠落下来。

"事后，那个美代子因为太过内疚，自杀了，幸好被人及时发现救起，捡回一条命。阿原以为自己终于找出了真相，他知道美代子已经非常歉疚和自责了，心里也就不再纠结怪罪她了，慢慢的，他也渐渐从好友离世的阴影里走了出来。

"那段时间里，洋子一直在阿原身边安慰他，也和他一起搜索探寻找出达也死亡的真相，阿原感受到了洋子对他的依赖和好感，后来两人越走越近，就自然而然成了恋人。"

"啊……求爱被拒绝的报复？……"宋薇得出了她的结论。

"还没结束呢，你听下去。"李佳回应她。

"哦哦……"宋薇低声道。

"后来，直到很久以后的一天，达也的母亲打扫房间的时候，偶然找到了一张达也事发当天的日程安排表，他在上面清楚地标注了，事发的那个时间段，达也要在楼顶和洋子约会。达也的母亲把这张日程表给阿原看了，阿原非常震惊，他这才知道，达也坠楼的时候并不是独自一人，洋子明明是和他在一起的，而她却一直都故意隐瞒了。但阿原又想起排球队的女孩们说过，当时只看到达也一个人在楼顶，这究竟是怎么回事？于是阿原再次来到事发地，仔细地查看了方位与地形，后来他发现从排球队女孩们的视线角度看过去，洋子假如当时站在楼梯口的那块地方，就会很自然地被旁边的高墙挡住身体，所以看上去达也确实像是独自一人。

"阿原找到洋子，质问她事情的真相究竟是怎样的，洋子见到达也手里那张日程安排表，听了阿原对地形和视觉死角的推断结论，知道自己瞒不住了，便说出了实话。

"她说，初中的时候，达也成绩很优秀，足球也踢得很好，她感觉他是一个很上进、又有魅力的男孩，所以当时确实很喜欢他。可是到了高中以后，他不仅退出了足球队，成绩也一路下滑，感觉他当初的奋进完全消失了，好像变了个人似的，又瑟缩又懦弱，所以洋子那时候就已经不喜欢他了，只希望上了大学以后，两人能渐行渐远，自然地分开。可是那天在楼顶上，达也竟然跟她说，他想和洋子进同一个大学，并表白说他这一生都将深爱洋子，洋子就如同他的生命一般重要。为了体现这种爱意，达也爬出围栏，在危险的边缘走来走去，以此来表达自己的真心。然而这样的爱，带给洋子的只有巨大的心理负担，当时洋子心里想着如何才能摆脱达也，这时，突然有一束光源反射到达也身边的护栏上，洋子便脱口而出问他，"达也，你快看这是什么？"

"达也望向洋子所指的那个方向，因为突然分心，造成身体没有掌握好平衡，不小心坠下楼去。

"此时阿原终于知道，事情的真相是：在那一刻，洋子为了摆脱达也，竟在一瞬间里起了杀心。他利用美代子的恶作剧，实现了自己的愿望，并把一切后果都推脱在美代子身上，使得美代子深深负疚最终决定以死来谢罪。

"洋子还跟阿原说，当时，她看到原本成绩普通的阿原后来居上，稳入年级前十，而且足球比赛也担当了主将的位置，她才发现那时她心里的男人，已经从达也变成了阿原，所以她更知道，如果对阿原说出实情，阿原此生都不可能爱上自己的，所以她选择了隐瞒，没想到时隔这么久，达也母亲打扫房间时翻出的旧日程表，最终还是毁了他俩未来的一切可能。

"阿原听了洋子的坦白，只觉得自己的心已寒彻如冰，他为洋子自私恶毒的心思感到汗颜，他什么也没说，一个人怀着没有爆发的愤怒，默默离开了现场，洋子跟在他身后，一边走，一边流下了悔恨而绝望的泪水。好了，叙述完毕。"

"这个真相……没想到……"宋薇轻声感叹道。

"这，就是典型的、东野圭吾式的人性解剖，像一把手术刀。"赵燕满怀敬仰般地说道。

"虽然是个短篇，但质量一点也不输给他的长篇哦……"李佳说。

"类似好看的、他的短篇，还有吗？你们再给我讲一个嘛……"宋薇说。

"就想到了这个，让李佳再想一个。"赵燕朝李佳瞅了一眼。

"我想到一篇，不过和这篇不太一样，很悲悯，很虐。"李佳认真地想了想，然后说道。

"你说的是哪篇啊？"赵燕问。

"叫《超预告小说杀人事件》，你看过吗？"李佳问。

"没有……没看过……来来来，我和薇薇一起邀请你为我们解说一二。"赵燕笑着说。

"行，我讲给你们听哦。说的是一个叫松井的小说家,他一直想出人头地成为知名作家,但很多年过去了,还是落得个籍籍无名。他总共只出过三本书,销量也不是很好,眼看着自己的事业前景那么暗淡,他心里很难过。这个时候,正巧一个偶然的机遇,在出版社工作的好朋友藤远为他争取到一个在报纸上写连载探案小说的机会,松井很激动,也很珍惜这次机会,他心里默默地希望能通过这次创作,让自己在读者心中留下深刻印象,进而能在众多三流作家中崭露头角。他经过认真的构思,决定将小说起名为《制服的厄运》,内容说的是年轻女子一个个接连被杀害,而她们的共同点是——都穿着制服。

"很快,小说的第一章在报纸上刊登了,写的是一个医院女护士被人在楼顶勒死的凶案。结果第二天,藤远告诉他,市立医院真的发生了一起护士被勒杀的案件,而且案件细节和松井小说里描述的一模一样。也许是巧合吧,松井当时也没怎么在意,继续埋头续写故事的第二章。

"第二章讲的是百货商店里的一个女营业员被锥子扎入后脖颈至死的案件,结果刊登以后的第二天,松井怎么也没想到,警察找上门来了,告诉他当地最大的百货商店里，有一个年轻女营业员被残忍杀害了，作案手法和松井的连载小说第二章的描述一模一样。警察结合两起案件和松井发表的连载故事内容，觉得很有必要找他聊一聊。

"松井听了以后，虽然感到非常惊讶，但他依然认为这仅仅只是巧合。他还反问警察，你们也会有闲暇时间读报纸上的连载小说吗？警察这才告诉他，是有一个热心市民打电话到警察局，告诉他们案件与小说的内容有关联，但可能那个人为了顾及到自身安全，不肯留下姓名和联系方式，所以警察也无从追问。

"之后，松井的小说第三章也刊登了，这次他写的内容是一个女芭蕾舞蹈演员仰面死在排练厅的地板上，胸口插入了一把钢刀。结果，刊登后第二天，报纸的新闻版块上居然惊现"首席芭蕾舞团演员遇刺"的标题，松井读了一下这条新闻的内容，作案手法居然真的和自己写的第三章如出一辙。此时，松井的家门口已经围满了记者，大家纷纷询问他有关凶手模拟他的小说情节犯下杀人案的各种五花八门的问题，有一个女记者还不停追问他下一章准备写穿哪一种制服的女子，松井的名字，现在被很多报刊、网站写在最醒目的位置，短短的几周时间里，他已经名声大噪，以前写过的三本小说的库存瞬间销售一空，以至于出版社不得不连夜开始加印，松井面对这样突如其来的显耀，又惊喜又期待又不安，总之内心的感受非常复杂。

"就在这时，让松井万万没想到的是，他居然接到了凶手打来的电话。凶手对他说，你下一章必须要按我给出的要求写，要把女主人公写成是一个啦啦队员。松井一口回绝了他，还叫他悬崖勒马，赶快去自首，但凶手反问他，如果我自首了，那你还会像现在这样被大家瞩目吗？还会有人专门排队去买报纸，就为了看你的连载吗？你的书还会销售一空吗？你好不容易成了名人，难道你真的愿意让这一切变为泡影吗？

"松井听了，心里很挣扎，为了保住自己好不容易得来的成就，他退让了，在记者问他接下来会写穿哪种制服的女子的时候，他回答说——啦啦队员。结果，警方出动了大量警力保护学校里的女啦啦队员，但即便如此，还是有一个女子大学的啦啦队长被残忍杀害，手法依然和松井的连载故事里所写的一样。

"这时候，松井已经受到了越来越多人的瞩目，新加印的小说单行本再次销售一空，他已经成为了一个最受读者欢迎的作家,每次连载的内容更新时,卖报纸的书报亭门口都会排起很长的队伍。

"不出所料,没过几天,凶手又给松井打电话了,这次,凶手要求他在接下来的第五章里写一个前台小姐在山上被爱马仕丝巾勒死的情节,这时的松井,感觉自己的良心受到了巨大的折磨,他想拒绝凶手,但凶手却对他说,如果你不照我说的写,我会和警察说,你和我是合谋的共犯。松井听到了这样的威胁,万般无奈下,只好再一次屈服,他按照凶手的要求,写下了前台小姐之死的故事。和之前一样,警察在山上找到了一具尸体,是一位在跨国公司工作的前台小姐,被一条橙色爱马仕丝巾勒到窒息而死。而此后,由于凶手不断作案,且手段残忍,政府部门开始出面干涉了,报社意识到了事态的严重性,决定刊登完下一章后,暂停松井的连载。

"看着一个个如花似玉的无辜女性被接连杀害,松井的心已经如同死灰了,他意识到自己绝不能再这样被凶手牵着鼻子走了,当得知下一章是连载的最后一章时,他心里有了自己的打算。所以,当凶手再次来电话,要求他下一章写女导游被杀的故事时,他假意答应下来,并且问凶手,你打算行凶的具体地点在哪里,一次次得逗的凶手没有意识到松井的决心和意图,脱口说出了他打算犯案的一处名胜地点。

"在松井写完终章的第二天,他早早来到凶手告诉他的那个名胜游览地,他找到了那个女导游,叫她现在赶快逃走,女导游被他的话吓得落荒而逃。

"这时松井心里感到一丝安慰,至少,保住了女导游的性命。他环顾四周,想寻找一处险峻的要地,打算等凶手一出现,就把他推下悬崖去。可没想到正在这时,他身后突然传来一个熟悉的声音——'你竟敢耍弄我!'说完,松井的腰部感受到一股巨大的推力,他被凶手狠狠推下了山崖。

"终章在报纸上刊登了,可内容并不是凶手成功杀死女导游的案件,而是凶手被警察追击,无路可逃,最后万念俱灰,跳下悬崖了断了自己的性命这样一个恶有恶报的大结局。警察打捞到松井的尸体后,他们推断说,松井本人就是那个一边写小说连载、一边不断作案的凶手,如此残忍的行为,只是为了让自己成为一个万众瞩目的名人作家。藤远知道后,也唏嘘不已,他很后悔给松井派了这么个写连载的差事,使得他在虚荣心的驱使下,竟然不惜让自己成为一个杀人凶手。

"好了，讲完了。"

"唉……不得不说，东野圭吾到底是东野圭吾，好作品啊……结尾不动声色，举重若轻。"宋薇赞叹不已。

"是滴，他的本事，就是能让你读后良久无言，而且很长时间心绪缓不过来……"李佳唏嘘道。

"我居然没看过这篇……嗯……不行，等这次封禁结束后，我得重新整理一下今年的阅读书单，把东野圭吾的所有短篇集都放上去。"赵燕又给自己安排上了新的阅读任务。

"我也要看……他的短篇我一本都没看过……"宋薇跟着说道。

"薇薇，你是不是比较爱看长篇小说？"李佳问。

"也不是……短篇也看，但是看得不多，其实只要内容精彩的我都爱看，倒无所谓是长篇还是短篇。"宋薇回答。

"那你有没有最喜欢的短篇？"赵燕问。

"最喜欢的……嗯……印象比较深的，我现在能想到的嘛……好像有那么几篇……"

"有日系推理的吗？"李佳问。

"日系……有一个叫石泽英太郎的日本作家，你们知道吗？"

"不知道……"李佳说。

"我也不知道……"赵燕说。

"是挺冷门的，但他有一个短篇，是获'推理作家协会奖'的，属于日系推理吧，叫《视线》，也是细思恐极的那种，我看了以后一直都忘不了。"

"麻烦您具体展开说说……"李佳笑嘻嘻地说道。

"对哦，你得跟我们分享一个……超越东野圭吾的日系推理短篇……"赵燕跟着说道。

"好吧，我来讲给你们听哦。听好啦，石泽英太郎，名篇——《视线》，说的呢，是一个名叫尾原的警察，他在回忆曾经处理过的一宗银行抢劫案。当时，一名抢劫犯拿枪指着正在银行柜面工作的男职员有川，胁迫他把抽屉里的钱全部放到他带来的大包里，这时，大家都以为只要有川按照他的要求做，罪犯是不会轻易开枪的，可没想到这时，抢劫犯突然走到有川旁边的另一位男职员高惠面前，对着高惠就连射两枪，高惠立马倒在了血泊之中，这个举动，让所有人都陷入了巨大的恐慌里，有川慌忙把全部现金都装进罪犯的包里，罪犯得逞后，马上逃离了现场，而这时，高惠已经离开了人世。

"几经周折后，警察尾原抓住了那个凶犯，在审讯时，他问凶犯，明明有川已经按你的要求做了，为什么你还要朝高惠开枪，凶犯回答他说，因为高惠趁我没看见，把手悄悄伸到桌子底下，试图按响警报器，要是让他成功按到了，我肯定就逃不掉了，所以只有立刻朝他射击才能阻止他，没有别的办法。尾原又问凶犯，你的注意力明明都在有川这里，怎么会知道高惠正试图偷偷去按警报器呢，凶犯回答说，因为他看到有川的目光，很突然地望向高惠，而且脸上充满了类似惊恐的表情，我立马觉得不对劲，这才及时注意到高惠的手部动作。

"尾原听了感到很震惊，但是他没有向有川确认这个关于他目光突然转移的细节，他担心如果有川得知自己的下意识行为间接害死了同事，肯定会陷入无尽的自责和痛苦当中的。但是让尾原万万没有想到的是，在后来对案发当天在场的各个银行职员的例行调查中，尾原在无意间得知，其实当时，有川和高惠是情敌关系。

"据他们的同事说，有川和飒子小姐恋爱了很多年，而且已经定下婚约了，有川非常爱飒子，可飒子却一直不怎么对有川怀有很深的感情，她完全是因为自己到了婚嫁的年纪，在家人的催促下不得已而选择恋爱结婚的。但是当飒子遇到高惠后，两人很快坠入了爱河，他们俩才是真正相爱的一对。可是眼看着飒子和有川的婚期将近，高惠和飒子开始商量如何向有川父母开口，提出解除婚约的事情，有川对此一定是有所知晓的，所以才对高惠怀恨在心。

"如此看来，那天当银行突然遇到歹徒袭击时，有川当时的眼神，究竟是无意识的呢，还是故意为之？如果是故意的，那他算不算是借凶犯之手杀死了自己的情敌？

"高惠离世一个月后，有川和飒子顺利步入了婚姻殿堂，据说有川在结婚那天显得特别高兴，而飒子脸上的表情却看上去很复杂。虽然对尾原来说，这样的假设和推断，已经超出了警察的职责范畴，但这件事却一直留在尾原心里，让他很长时间都深深地感到不寒而栗。好了讲完了。"

"你们觉得吗，这个故事和《小小的恶作剧事件》有着某种相似之处……"李佳的话带着探寻的语气。

"都是……极其细微的动作或话语，竟然带出一个惊天的后续……"赵燕的总结紧接着李佳的感触。

"还真是哦……四两拨千斤，厉害……"宋薇跟着说道。

"这就是日系推理的魅力啊,在人性幽微处下足了功夫。"李佳再次感叹。

"要么一句话让读者痛到死,要么一句话把读者吓到死……"赵燕再次"总结"道。

"要是哪天我自己也能写出这样的作品就好了……"宋薇心怀向往地说道。

"听说,很多作家都是先读了无数好的作品,然后自己手痒了,才开始尝试着写作的呢。"李佳说道。

"我是比较有自知之明的,我只属于欣赏好作品的读者,不属于手痒了自己就会去写的作者。"赵燕回应道。

"那不一定,你现在不想写,不代表你以后不想写,阅读带给人在每个不同阶段的体验都是不一样的……"李佳反驳道。

"哦……这么说的话,理论上也有这个可能。"赵燕迟疑了一下,说道。

"说不定在这世界的某个地方,真的就有那么一群热爱小说的人们,经过了这次大流感封禁的那么多时日,他们真的从读者,被造就成了写作爱好者呢。"宋薇憧憬地说道。

"说不定就在这群写作爱好者里,还真的有那么一两个,最终历经了岁月的锤炼,在未来的某一天,写下了不朽的篇章呢。"李佳也感喟起来。

"啊呀呀……听起来好让人向往呀……"赵燕开始有点激动了。

"但愿他们……哦不对,但愿我们……但愿我们能美梦成真哦……"宋薇莞尔一笑,低下头轻轻地说道。

礼　　物

唐小杰的身体不太好，长得很瘦，动不动就感冒发烧，而且他的右耳患有先天性失聪，所以每当他听人讲话的时候，总是仰起脖子，斜着眼睛，把脑袋歪向右侧，因为听力弱，所以无论做什么事情，反应都要比普通孩子慢半拍，幼儿园里的小朋友们都嘲笑他，说他像一只"迟钝的瘦猴子"。

中班升大班以后，班里新进来一个小朋友，名叫石小磊，石小磊并不和其他小朋友一样住在小区的公寓大楼里，他的家，在沿街的一排石库门老房子里。小磊没有爸爸，他和妈妈两个人与另外三户邻居挤住在一起，那房子看上去又破又旧，窗户是总也关不牢的，冬天漏风，小磊的妈妈就用胶布把铁窗的缝隙粘上，雨雪天漏水，房顶上布满了一片片渗水留下的难看的霉渍。

小磊在幼儿园里从来没穿过新衣服，一整个夏季，两件短袖旧Ｔ恤和两条旧短裤每天轮换着穿。有一回，几个淘气的小朋友拦住他问，小磊，你总共有几条内裤啊？有没有三条？要是也只有两条的话，那很危险哦，如果一条突然破了，而另一条刚刚才洗掉，那你可怎么办呀？小磊听了，站在原地一动不动，脸涨得通红，这时，唐小杰突然从孩子堆里冒出来，拉起小磊的手转身就跑。

还有一回，一个小朋友把家里的遥控玩具车带到幼儿园里来玩，那是一辆漂亮的银色兰博基尼，能在平滑的地面上炫出只有超级跑车才能做到的高速漂移，小磊第一次亲眼看到这么漂亮的玩具跑车，心里喜欢极了，他不自禁地走过去，想伸手摸一摸那闪亮的车头，可那个小朋友却一把推开他，说，你的手那么脏，别碰我的车！小磊赶忙回答他说，我的手刚刚洗过，不脏的。那小朋友的脸上露出了傲慢的神色，说，你家里那么破，你衣服那么旧，你怎么可能不脏？！你那么脏，还想玩什么超级跑车，来，和大家说说你平时都玩些什么东西，堆小石头吧？看看你的名字就知道了。周围的其他小朋友们听了，哄堂大笑起来，只有唐小杰没有笑，他再次跑过去拉住小磊的衣角，在他耳边轻声说，以后去我家，我有一辆红色的越野车，给你玩。

这以后，小磊就经常到小杰家里去玩，小杰的妈妈也很喜欢小磊，两人成了最要好的朋友。

圣诞节快要到了，老师要求大家每人带一份礼物来幼儿园，和其他小朋友作交换，小杰的妈妈特意关照小杰，说，小磊家里面比较困难，你可千万别在他面前提起交换礼物的事情哦，小杰点了点头，这时他心里，已经有了自己的打算。果然，交换礼物的那天，小磊的妈妈打电话给老师请假，说小磊病了，今天来不了幼儿园了，小杰听了，心里酸酸的。

圣诞节的前一天，小杰拿出自己的储蓄罐，倒出里面所有的钱，让妈妈陪着他去商店里，买了一辆金色的法拉利敞篷玩具车，到了晚上，他独自跑到小磊家门前，把包装得漂漂亮亮的玩具车连同圣诞贺卡一起，悄悄地放在了他家门口的水泥地上，小杰轻轻敲了几下门之后，便飞快地跑开了。

可能是因为他跑得太快了，一不小心踩到了地上一只塑料袋，脚下一打滑，"扑通"一下，摔倒在地。摔倒的时候，他本能地用手臂撑了一下地面，只听"咯哒"一声，紧接着就感觉到右手臂的筋骨，撕裂了一样的疼痛。

小杰凭着自己强大的意志力,忍着痛一路跑回家,终于,他再也坚持不住了,一头栽倒在妈妈怀里,妈妈看着他满脸的汗水和泪水,这才发现,他的右臂骨折了。

厚白纱布的手臂小心翼翼地平放着。看着天边皎洁的月色,想到今天晚上原本应该是个美好的圣诞夜,妈妈心里很难过,她觉得很不公平,就在心里对上帝提出了质问,上帝啊,我们是如此真心,把一切托付在你手中,你明明知道小杰一直对小磊那么好,他是一个做了好事又不愿声张的好孩子,可你为什么偏偏还要这样惩罚他?妈妈心疼地在心里呼喊着,却没有得到答案。

第二天清早,传来一阵急促的敲门声,小杰妈妈打开门一看,原来是小磊,他手里捧着那辆小杰送给他的金色的法拉利,眼神里满是欢快与雀跃。

"真不敢相信,真不敢相信,昨天晚上圣诞老人来我家了!你看,他给我带来了什么礼物?"小磊拉着小杰的手,激动无比地把法拉利拿给他看。

"天哪……这也太神奇了!我们下次把车带到幼儿园去玩吧!我们要向大家证明,圣诞老人可不是什么童话故事里的人物,他这次是真真实实地来过你家了!"

"对啊，我也是这么想的，你看，这辆法拉利比兰博基尼酷多了！"

"就是就是……真好看！"

小杰和小磊开心地说着话，小杰妈妈站在一边，惊讶地张大了嘴巴，只见小杰双眼向前平视着小磊，机敏而迅速地回应着他的阵阵惊叹，目光闪亮，脸上带着天使般的微笑。

维纳斯肖像与手表

认识阿彪是在连电脑搜索引擎都很难找到的地下网站上，他做着类似于中介一样的事儿，在各种非法组织那里领了钱，帮他们找人去完成一些鸡零狗碎又必须要有人去搞定的事情。

因为我开车技术比较好，所以之前就经常被派去运东西。要做的很简单，就是按时到规定的 A 地，有人会给我一个像洗衣机一样大小的盒子，这些盒子通常都死沉死沉的，还伴着熏天的臭气，我把它搬上车，运送到指定的 B 地，那里有人接货。事情做完后，打电话给阿彪，阿彪就和我约定一个地方，给我一个信封，信封里装着不少钱，足够我用好一阵子。我没有工作，平时除了在网上看看侦探小说外，自己也试着写了一些去投稿，有几个短篇被小说网站看中并收录了，但是点击量都不高，收益也自然少得可怜。所以阿彪这里的活儿，已经成了我收入的主要来源。

今天早上又接到阿彪打来的电话，说这次给我找了个好差事，不再搬那种臭烘烘的盒子了，而是只要到指定公寓里拿一件东西回来交给他就行，报酬是以前的两倍。我高兴地对他谢了又谢。

我们约好先见个面，在公园门口，身高马大的阿彪递给我一张照片，"这就是你要找的东西，找到后带过来交给我。记住，你哪怕是没找到，在五点半前，也必须离开现场，不然撞见公寓的主人可就麻烦了。"他说。

我接过来一看，照片上是一个白色的小型维纳斯石雕。"就这不穿衣服的女人像？"

"对，就这不穿衣服的女人像，你猜这东西是什么做成的？"

"肯定是石膏嘛……"

"你拉倒吧，这是一种毒品的粉末压密实了做成的，对毒贩子来说，可是上等的好货呢！在市场上能卖大价钱。"

原来如此，我心里惊呼了一声。

接着，阿彪给了我公寓的钥匙和一张大楼的设计简图，上面标出了所有探头安装的位置，我去的时候，只要小心避开它们就行了。

我和阿彪分别后，就开始熟记这张图的布局，再凭着我多年阅读和撰写侦探小说的经验，到了该动手的那天，轻车熟路就绕过了所有监控设备，即使是戴着手套，照样麻利地用钥匙打开了公寓的大门。

公寓里的陈设很简单，一看就知道是单身男人的住处，我翻找了衣柜和书架，最后在办公桌底下最隐蔽的一个抽屉里找到一个狭长的红色礼盒，打开一看，果然是一尊维纳斯雕像。我赶紧把东西收进背包里，正准备撤离现场，突然听到门口传来钥匙在锁孔里转动的声响，我看了一眼手腕上的电子表，才五点十分，时间还没到啊，这个人提早回来了？

我愣了一下，打算马上躲到衣柜后头，却已经来不及了。那个人打开门，大步走了进来，他见到我，眼里闪过一丝惊慌，随即操起支棱在墙脚的一根棒球棍，一边朝我逼近一边问，"你是什么人？怎么进来的？！"

我想后退却又无处遁形，焦躁和恐惧激发了我的运动神经和蛮力，我冷不防跳起来，用尽全力朝他高大健硕的身体扑去，只听到"咚"的一声，他还没来得及反应就被我扑倒在地，我骑在他身上，正准备挥舞拳头朝他的脸打去，却发现他完全没有挣扎反抗，而是躺在地面上一动不动,后脑勺不断渗出的鲜血在地板上流淌了一大摊。我停止了攻击,定睛一看,原来他刚才猛地倒下的时候,后脑竟撞到了坚硬的大理石桌角。

我用隔着手套的指尖仔细触摸他的脉搏,天哪,已经没有跳动的迹象了……怎么办,我杀人了……我不是故意的啊,谁让他早回来的,不管我的事啊……

我下意识地摸了摸背包,嗯,雕像还在,不管怎样我算是完成任务了,赶紧逃。我一边想着,一边抬腿准备跨过他的身体。突然,眼角瞥见一样东西——这个人左腕上戴着的手表——坏掉了。走近一看,还是个劳力士高级货,玻璃表面估计是刚才摔倒时撞哪儿了,都碎裂成了好几瓣,里面的指针也不动了。

这时,我的大脑神经突然紧绷了起来,凭着我多年阅读和撰写侦探小说的经验,手表这个东西,它和一般东西可不一样。前不久我就读过一部侦探小说,里面讲到一个杀人犯,为了伪造作案时间,把死者手表上的指针调成完全不相干的一个时间,再将手表敲坏,这样就误导了警察对案发时间的推断。

我盯着眼前这块破碎的手表,不知道该怎么办才好。现在指针停在五点十分,如果我就这么走掉,等警察发现他时，就会立马知道确切的案发时间，但也有一种可能，就是警察对这么明显的线索起了怀疑，以为是凶手故意引导他们这样判断。但是说来说去，这个作案时间和我到底有什么关系呢？我明明想不出有什么关系，却总是隐隐地害怕这个细节会无端牵连到我，至于具体如何牵连到我呢，心里又没个头绪。就这么想过来想过去，一看手表已经五点二十五分了，怎么办，按照阿彪的要求，必须马上撤了。要不干脆把手表拿下来带走得了——没有手表了，这样总安全了吧？

我小心翼翼地摘下那个人的手表，把它塞进裤兜里，然后拿好背包，关好门，慌慌忙忙躲过所有探头，按原路成功撤离。

我把雕像交给阿彪，阿彪打开看了看，很满意地给了我一个厚厚的信封，里面塞满了簇新的纸钞。我喜上眉梢地一边数一边往回走，走着走着，居然又想起手表的事情来。

我好像记得我拿掉手表的时候，这个人的手腕上显出一圈深深的、表带印的痕迹，那也就是说，如果警察看到这圈痕迹，肯定知道他这只手原先是戴着手表的，可是手表怎么没了呢？那肯定是有人拿走了。到底是谁拿走的呢？警察肯定会抽丝剥茧地深入调查。再一次地，我开始隐隐地害怕这个细节会无端牵连到我，但具体如何牵连到我呢，心里还是没有个头绪。

要不……我还是把手表还回去吧？趁现在时间还来得及。对，把它修好了还回去，戴回到那个人手上，就像什么事都没发生过一样，这总安全了吧？

我来到一家钟表修理店，店主是个七十来岁的老头儿，看到我拿出一个高级的机械表来修理，高兴得跃跃欲试。他戴上专用眼镜，打开手表后盖，用尖细的金属工具在里面捣腾了一会儿，指针立马"滴答滴答"恢复了走时。再换上个玻璃表面，好了，顺利搞定。我从信封里抽出五张纸钞拍在他面前——"多谢了！"说完，把手表揣回兜里就走。只听到他远远地喊我——"要不了这么多！小伙子，要不了这么多……"

我回到那家公寓，一切都还是原来的样子，我把手表上的时间调节准，再戴回到那个人的手腕上。好了，这下应该没事了，我长长地舒了口气。

过了几天，有一个中午，我刚朦朦胧胧睡醒，就被一阵敲门声吵扰到了。打开门一看，是两名穿着警服的高个子，他们出示了工作证件，并要求我马上跟他们去警局协助调查。他们的语气很严肃，吓得我一点也不敢装傻充愣。

到了警局，我调整好应对的情绪，开始一问三不知起来，领头的那个警察火了，拿出五张崭新的纸钞摆在我面前——"真阔气，还都是新钞，眼熟吗？"

我的眼睛直勾勾地盯着纸币，心理开始崩溃。凭着多年来阅读和撰写侦探小说的经验，我意识到自己没有胜算了——

给钟表匠的新纸币上，留有我的指纹，通过指纹，能查到我的身份，我被证实在那个时间点去修了死者的手表，而死者被发现时，手表竟完好无损地戴在他手上，综上所述，我和那个人的死还脱得了干系吗？

带着手铐坐在囚车里的滋味，真是一言难尽。车子一直往前开，不知要开到什么地方去。我心里越想越不明白，忍不住问领头的那个警察，你们是怎么知道手表被修过的呢？那个警察颇为得意地点了一支烟，一边吸一边告诉我——

他们在死者公司作调查的时候，员工们都提到，老板整个上午抱怨了好几次，说他一清早晨跑的时候，摔碎了手表，现在连时间都看不了。我们通过查看公司和他家公寓大堂里的各个监控录像，确定了他们老板早晨到达公司、下午离开公司，以及傍晚到家的确切时间点，按照这些时间点来推算，他根本没有时间去修表啊，既然他没有去修表，那修表的肯定另有其人，然而经过仔细调查我们发现，所有与他生活圈和社交圈相关联的人，当时都有充足的不在场证明，也就是说，替他修表的，是一个在他人际关系圈以外的人，这可就难办了，正当我们以为已经失去了线索的时候，负责去各家钟表行确定死者手表修理点的同事带来了好消息，老匠人对难得一见的高档机械表印象深极了，所以我们也就顺藤摸瓜，找到了你。

那个五点十分……居然是今天凌晨的五点十分……

好玄妙的机巧，好精彩的推理啊……这段内容要是被我写进小说里，点击量一定会大大拉高。我正试图在心里把它整理成文字，突然被那个警察的问话打断——

不过我说老兄，我也是很好奇啊，你倒是说说看，你究竟为什么要去把手表修好，再折返回去帮那个人戴起来啊？

如果我回答说——"因为突然想起他手腕上有表带的印痕，怕警察怀疑原本戴着的手表被拿走了"，他一定又会问我"警察怀不怀疑，和你有什么关系啊？"那我该怎么回答？凭着多年阅读和撰写侦探小说的经验，我的头脑内部开始激烈地翻滚起来……

"味好美"拉面馆

喧哗的南京东路,是市中心最有名的商业街,也是谢宇浩每天下班的必经之路,沿街有一家生意特别红火的拉面馆,叫"味好美",谢宇浩有时候在报社加班到很晚,马路两边大部分的吃食店都已经关门了,唯有"味好美"里还敞亮着灯,于是他就经常在那里吃一碗拉面当作晚饭,久而久之去的次数多了,拉面馆的老板也和他熟识起来,每次还都会特意过来问他今天的面好不好吃。

那老板姓孟,店里的常客他基本都认识,一般等到晚上十点以后生意清淡下来了,他就打发大部分雇工们先回宿舍休息,只留下一位在厨房里煮面条的小师傅,而他自己却一个人忙不迭地在店里洗洗擦擦,还亲自给夜晚的食客们端茶送水。谢宇浩每次来,总是点一碗番茄牛肉拉面,他和孟老板说,这面里酸酸的番茄味,很像小时候奶奶经常烧给他吃的西红柿炒鸡蛋,如今奶奶已经不在了，只有留存在儿时记忆里那熟悉的味觉，常常勾起他心中的怀念，让他不自觉地想要回到自己的孩童时代，重温那些和奶奶一起度过的快乐时光。

那天夜里，谢宇浩和往常一样，点完拉面，一个人安安静静地坐在靠窗的老位子，孟老板在热水里搓洗了一把抹布，用力绞干后，挨个擦拭着客人们用过的小方桌。他看见窗边正在发呆的谢宇浩，便走过去跟他打招呼。

"阿浩，怎么，今天报社又让你加班啊？"

"哪儿啊……是我主动留下来加班的好吧……"

"哇……这么敬业，在干嘛？写稿子？"

"可不是嘛……唉，写得脑壳疼……"

"这么卖力的员工，年底可要让你们社长给你涨薪水啊……"

"涨多涨少就那么几个钱，报刊行业已经落寞了啦，哪像你孟老板啊，在这么繁华的市街，开这么大门面的餐饮店，一看就是大手笔啊，说真的，以后有机会，我还真得正儿八百地采访采访你，请孟老板谈谈自己的发家史，也让我们这些晚辈，从中受到些关于如何积攒第一桶金的启发。"

"如何积攒第一桶金？这太简单了，不用等'以后有机会'了啦，我现在就可以告诉你哦……"孟老板说着，在谢宇浩对面的空椅子上坐了下来，手里摆弄着那块崭新的浅蓝色海绵清洁抹布。

"现在？那再好也没有了啊，来来来，您详细说说，哦等一下，等我开了录音笔哦。"

"怎么？你是真的想听？"

"当然是真的啦。"谢宇浩一边说，一边从双肩背包里掏出支细长的黑灰色录音笔。

"要是真的想听……就别开录音笔了吧……"

谢宇浩愣了一下，随即立马缓过了神来，"好，听你的，我不录音。"说着，他把录音笔往桌子边上一搁，双手交错抱着手肘，眼神里充满了真诚的探寻。

"阿浩，你知道我年轻的时候，是靠做什么来讨生活的吗？"

"不知道……是贩卖毒品？……还是拐卖妇女儿童？……哈哈……"

"唉，你个小孩子哦……就会乱讲，不过我也不该问你，因为谅你无论怎样也是猜不到的……"

"这么神秘……你到底是做什么的啊？"

"灵媒。"

"什……什么?"

"灵媒啊,你不知道吗?就是能看见死人的人啊……"

"你是说……你能够看见死人?"

"不仅能看见,我还能和他们沟通,问他们问题呢。我告诉你,当年几百个破不了的大案子,警局要不是找到我帮他们的忙,估计这些案子现在全都快变成世纪悬案了。"

"不是吧孟老板……原来你有超能力啊?……"

"还真的是有超能力呢,这属于老天爷赏饭吃,懂吧?……"

"那你当年要是告破一个案子,警察叔叔……私下得给你很多钱吧?毕竟……破不了案,他们老大可是要丢官职的呀……"

"小孩子……又胡说,那钱可不是他们私下给的,那是我光明正大赚来的悬赏金哦,不过话说回来,当时政府给出的金额呢,数字确实也不小。"说到这里,孟老板得意地讪笑起来,"那没办法呀,都是死了人的命案,不拿点诚意出来,谁愿意举报啊,举报凶手可是要冒大风险的啊……"

"我懂我懂……只是我觉得……像这种老天爷赏饭吃的差使,你可以做一辈子的呀,干嘛现在要出来开拉面馆啊,服务行业挺辛苦的,划不来啊……难不成……你是纯粹为了想拥有不同的生活体验,所以开个面馆玩玩?"

"小朋友,不要嘲讽我好不好……谁不知道这活儿可以干一辈子啊,还用你教?"

"那你究竟是为什么啊?"

"唉……有一回,有一个案子,我指认错了凶手,害得他们枪毙错了人……从此,他们就不再信任我了……"

"真的是你搞错了吗?……"

"真的是我搞错了……"

"可是……你怎么会搞错的呢?"

"可能是因为……我那时候太年轻、太天真了吧……"

厨房里的小师傅把一碗热腾腾的番茄牛肉拉面端到我面前,那熟悉的、伴着青涩微酸的牛肉香味顿时扑面而来。

"那到底是个什么样的案子啊?"谢宇浩一边问,一边迫不及待地举起筷子。

"也是个杀人案,是在一户有钱人家,先生一早就出门去了,女佣人也出去买菜了,留太太一个人在家里面,结果等到佣人买菜回来的时候,却发现太太倒在客厅里,身上被刺了好几刀,有一刀刺在心脏的位置,当时那位太太已经没有气息了。办案的警察把我叫去,我一进到那个客厅,就感觉一阵阴飕飕的凉风从我耳朵旁边掠过,我分明看见那个已经死去的太太,白绸缎旗袍上沾满了血,她看了看我,然后站到他先生背后,举起右手,食指僵硬地伸出来指着他。她当时的那副表情,我至今还历历在目,像是一种……充满了怨怼与狠辣的诅咒。我当时信心十足,直接指认了凶手就是这家人家的先生。"

"那这位先生什么反应?"

"他当然不肯承认啦,说:'好端端的,我为什么要杀掉我的夫人啊?你们抓错人了!'"

"后来呢?"谢宇浩用勺子盛起浮在面汤上的几颗粟米粒。

"后来警察就开始调查啊,结果发现这位先生在外面包养了一个情人,两人如胶似漆的,在一起很多年了,但是夫人一直被蒙在鼓里。而且据女佣人和周围邻居们透露,先生和太太平时感情似乎不大好,经常会争吵,先生的嗓门和太太的哭声都很响。你看，这作案动机，不是很明显嘛，而且，他也没有不在场证明啊，他说自己早上独自去公园散步了，可是公园里的几个清扫工都说没有看到过他，所以他百口莫辩啊。"

"再后来呢？"

"再后来，就结案了呗，哦对了，话说那位情人哦，一听说先生摊上杀人案了，赶紧跑到警察局里，主动坦白了一切，好像生怕自己会被牵连似的，唉，真是让人心寒。后来那位先生被抓进去后，不到两个星期就判了，三天后就执行了死刑。"

"那你不是说，枪毙错人了吗？"

"是啊，后来才发现，其实杀死那位太太的根本不是她先生，而是家里那个女佣人啊！"

"女佣人？……可警察怎么会知道的呢？不都已经结案了吗？"

"这个案子是结案了，可又出了别的案子啊，原先那个女佣人，后来又重新找了一户人家做帮佣，她故技重施，趁太太睡熟时，偷她们家里的珠宝，刚巧太太起来上厕所，正好撞见她作案，这女佣人还是用老办法，拿起刀子就捅了那太太，几刀下去，以为她没命了，就报了警，警察到了以后，她还装作一副刚刚买菜回来受了很大惊吓的样子，可谁知道她那刀子捅歪了，太太被送进医院后，竟然抢救过来了，这下那女佣人可不就完蛋了嘛，当时人赃俱获，她眼见没有退路了，只好坦白，结果在那户人家花园里的一口枯井底下，找到了好多贵重首饰。"

"可这分明是两个案子啊……"

"你不知道，怪就怪那女佣人蠢，她以为自己多坦白些，兴许能减刑，就把上次犯的案子也一起老老实实交代了出来，这不，直接把我给害惨了。"

"可是我没明白啊……"

"怎么？"

"既然……明明不是那先生害死了太太，那太太为什么要在你面前恶狠狠地指着她先生呢？这不是故意冤枉他么？"

"就是故意冤枉他啊，你想想，如果她指着的是女佣，好啊，女佣是被判刑了，可她先生和情人那时候也已经光明正大地双宿双飞了，这不是如了那对野鸳鸯的愿吗，她当太太的，会甘心？她先生欺瞒了她这么多年，她会心甘情愿成全他们？相比之下，太太那时候对先生的恨意,可要远远超过她对一个窃贼的恨意啊!"

"所以,那位太太的鬼魂就利用你实现她自己的复仇?"谢宇浩的声音突然变得很轻,好像生怕会冒犯了什么似的。

"是啊……直到那一天,我才恍然大悟,原来他们冥界的鬼,和我们世上的人一样,是会撒谎、会算计的呢……要是我早点知道这些,肯定就不会、也不敢那么轻信了……"

"啊呀……没关系的,你看,反正那时候你也已经赚了不少钱了,现在开的这个拉面馆,地段好,生意也好,虽然平时是操心了些,但是比起大多数人,你可已经强很多了。"

"是啊,我也经常这么跟自己说……"孟老板顿了顿,深深地叹了口气。

"那你现在……还是一样能看见……看见'他们'吗?"

"是啊,当然看得见啊,呵呵。哦对了,今天的面好吃吗?"

"好吃啊,你干嘛每次都这么问我?"

"因为……每次你说这面'好吃'的时候,你背后的那位老太太,就会看着你笑,她笑起来……真的好慈祥,好好看哦……"

傻子的回答

从前有一个傻子,他从来不会主动说话,无论别人问他什么,他都只会回答——我操你妈。

人家问他:"傻子,你晚饭吃过了吗?"

傻子回答说:"我操你妈。"

别人问他:"傻子,你爸一个月给你几个零花钱呀?"

傻子回答说:"我操你妈。"

别人问他:"傻子,你有没有喜欢的小姑娘啊?"

傻子回答说:"我操你妈。"

别人问他:"傻子,你知道我操你妈是什么意思吗?"

傻子还是回答:"我操你妈。"

后来有一次,别人向傻子提了个建议,说,傻子,人家问你话,你都回答我操你妈,这好像显得你不大聪明。你以后可以把这四个字拆开来,比如:我、操、你、我操、操你、我操你、操你妈、你妈、妈。——看见没,这样你的答案就一下子多出了九个,古代圣贤说话都及不上你啊。

傻子觉得那人说得很有道理,于是就决定这么弄了。

人家问他:"傻子,你说咱俩要是去抢银行,谁捞钱捞得快?"

傻子回答说:"我。"

人家问他:"傻子,你知道咱们这里,谁反应最慢、脑子最蠢?"

傻子回答说:"你。"

人家问他:"傻子,你和我们说说,你到底有没有喜欢的小姑娘啊?"

傻子回答说:"你妈。"

人家问他:"傻子,你每天不上学也不上班,那你都干嘛了呢?"

傻子回答说:"操你。"

有一天,傻子闲得无聊,一个人走在大马路上遛弯儿,几个小混混拦住了他,他们抓住他的衣领,搜他的口袋,看看能不能弄到几个零钱花花。

"臭小子……跟哥哥说说,你身上的钱,应该归谁啊?"一个小混混问。

"你……"傻子吓得声音也发抖了。

"你看啊……哥哥只拿了你几个小钱,又没打你,你说说,这世上今天谁最走狗屎运?"另一个小混混问。

"我……"傻子的嗓门都哑了。

几个小混混从傻子口袋里拽出一把零钱,分了分,各自往口袋里一塞,看都没多看傻子一眼,就屁颠屁颠往前走了。没走出几步,听见身后传来愤愤的一声:"操你妈!"

他们几个停下脚步往回走,一人一拳把傻子打倒在地:"臭小子!你刚才说什么?!"

"操!操!操你妈!"傻子一边吃着拳头,一边嘴里不停地喊。

几个小混混对傻子拳打脚踢,傻子满脸是血,在地上不停地打滚。

"王八蛋!你们再动他一下试试!"一个矮小的身影从墙边蹿出来,朝小混混们扑了上去。

"给我打!!"领头的小混混好像杀红了眼。

又是一阵拳打脚踢过后，几个小混混看看情势不大对，一溜烟跑远了。

过了好一会儿，傻子从地上慢慢地爬起来，看见那个矮小的身影蜷曲在不远处的一摊血泊里，傻子一瘸一拐走到跟前，啪一声跪了下来。

"妈！！"

绑 架 犯

深夜,李志明睡得正酣,手机铃声突然响了。他不得不从温暖的被窝里伸出一条胳膊来,胡乱拧开了台灯后,指尖在冷滑的床头柜上摸索着。

"喂……哪位啊?……"

"听着,你女儿现在在我手上,我给你半个小时,拿五万块钱现金,用黑色垃圾袋包好,放进全友购物中心门口的绿色垃圾箱里,放进去之后,马上离开。老实点儿,别动歪脑筋,否则……你就永远休想见到你女儿了!"

我女儿?……

李志明猛地一转身,倏忽间,那无比寻常的、柔和的场景跃入了他的眼帘——在鹅黄色台灯光的映照下,妻子搂着刚满三岁的女儿,正熟睡在房间另一侧的小床上,女儿怀里,还抱着她心爱的粉色小兔毛绒玩具。

"那个……你好像打错电话了,我女儿她正在睡……"

"少废话！现在只剩下二十五分钟了，马上照我说得做！否则……你就永远别想见到你女儿了！"

李志明默默地回过头去，凝望着妻子和女儿俩人窝在床上正睡得香甜的模样，女儿红扑扑的圆脸蛋、那露在被子外面的一截和妈妈的皮肤一样白皙的小手臂、软绒绒的长头发垂在枕边，纯黑里带了一点点棕色，和他自己的头发是一个颜色，李志明微叹着，脸上流露出幸福的笑意。

"是这样……五万吧……我家里没放那么多现金啊……"

"没有五万？？……"

"真没有五万，不敢撒谎……"

"那三万五！别再耍花样啊，否则……你就永远休想见到你女儿了！"

"只有两万块钱现金，本来……是想放在身边应个急用的……"

"两万？？"

"两万，不多不少，两万整……"

"好了好了！两万就两万！我刚才怎么说的来着？……照我说的做！否则……你就永远休想见到你女儿了！"

只听"啪嗒"一声，对方挂断了电话。

卧室里，又回复到和往昔一样的宁谧之中去了，那宁谧，仿佛正兀自静静地流淌成为永恒。缓缓的，李志明那爱怜的目光从女儿身上移开，他默默站起身来，轻手轻脚地打开嵌在衣柜间的那只狭窄的小抽屉，取出了两沓粉红色的人民币。

李志明用黑色垃圾袋仔细包好了纸钞，全友购物中心他认识，很近，出门直走，穿过两条街就到了，一切都照电话里那个绑架犯说的做。李志明独自走在空旷的大街上，寒风四起，他打了个寒噤，而心里却如同暖阳包裹着一般，他用手掂了掂那包钞票的分量，觉得……觉得似乎有点亏欠了那绑架他女儿的家伙，要是……要是家里真的有五万块现金，他想着……自己也是愿意给的……

图书在版编目（CIP）数据

绑架 / 丁恩翼著. —上海：上海文艺出版社，2023
ISBN 978-7-5321-8833-8

Ⅰ.①绑…　Ⅱ.①丁…　Ⅲ.①短篇小说–小说集–中国–当代
Ⅳ.① I247.7

中国国家版本馆 CIP 数据核字（2023）第 156896 号

责任编辑　徐如麒　毛静彦
封面设计　徐　徐

书　　名	绑架
作　　者	丁恩翼著
出　　版	上海世纪出版集团　上海文艺出版社出版
地　　址	上海市闵行区号景路 159 弄 A 座 2 楼　201101
发　　行	上海文艺出版社发行中心发行
	上海市闵行区号景路 159 弄 A 座 2 楼　201101
	www.ewen.co
印　　刷	杭州日东印务有限公司
开　　本	850 毫米×1092 毫米　1/32
印　　张	9.5
字　　数	142,000
版　　次	2023 年 9 月第 1 版　2023 年 9 月第 1 次印刷
书　　号	ISBN 978-7-5321-8833-8/I·6960
定　　价	68.00 元

（敬启读者，如发现本书有印装质量问题，请与印刷厂联系 0571-81952665）